Ryek Darkener

Inspektor Mop

\-

Chrispian

Zu diesem Buch

Inspektor Mops ist mit der Aufklärung von Morden betraut. Er hat eine besondere Fähigkeit: Die Geister der Mordopfer sprechen mit ihm. Sein aktueller Fall – ein junger Mann namens Chrispian – stellt ihn vor das Problem, dass es keinen Beweis für einen Mord gibt. Auf der anderen Seite: Warum sollte ein kerngesunder junger Mann innerhalb weniger Tage versterben, ohne dass eine Ursache gefunden werden kann? Die Untersuchungen führen zu einer Spezialklinik, die Kinderwünsche erfüllt, wo die üblichen Methoden nicht mehr ausreichen. Der Klinikleiter hat sowohl großes Wissen als auch einen Plan. Und er räumt konsequent alle zur Seite, die diesem Plan im Wege stehen.

Über den Autor

Ryek Darkener ist seit geraumer Zeit in virtuellen Welten unterwegs. Das Schreiben begann er 2007 mit Fan-Fiction Kurzgeschichten, die sich auf ein Online-Spiel beziehen. Im Laufe der Zeit kamen eigene Themen dazu. Ryek schreibt Science-Fiction, Fantasy, Mystery. Sein großes Projekt ist die SF Saga "Geschichten aus der Welt nach dem Letzten Krieg".

Trigger-Information: Dieses Buch enthält fiktive Schilderungen von Erlebnissen, die ggfs. Auslösereiz bei Betroffenen sein können, im Rahmen dessen, was in den Genres "Kriminalroman", "Thriller" und "Fantasy" üblich ist. Für die Vollständigkeit der Aufzählung kann keine Garantie übernommen werden.

Ryek Darkener

Inspektor Mops
–
Chrispian

EIN URBAN FANTASY KRIMINALROMAN

Überarbeitete Ausgabe

Die Deutsche Nationalbibliothek verzeichnet diese Publikation
in der Deutschen Nationalbibliografie; detaillierte bibliografische
Daten sind im Internet über http://dnb.dnb.de abrufbar.

© 2021 Ryek Darkener

Herstellung und Verlag:
BoD – Books on Demand, Norderstedt

gesetzt aus der Vollkorn (designed by Friedrich Althausen)
erstellt mit SPBuchsatz

ISBN: 9783752895438

Inhaltsverzeichnis

Auf dem Präsidium

Inspektor Mops saß an seinem Schreibtisch und bearbeitete Berichte. Der Aktenstapel, der sich links von ihm auftürmte, hatte eine besorgniserregende Höhe erreicht. Noch ein Hefter mehr, und er würde unter seinem eigenen Gewicht zusammenbrechen und sich in ein Schwarzes Loch verwandeln. Mops griff vorsichtig nach dem Dokument, das oben auf dem Ereignishorizont lag, und legte es vor sich hin. Er öffnete es und begann, lustlos darin herumzublättern.

Die Person, die auf der anderen Seite des Schreibtisches erschien und Platz nahm, hatte schulterlange, lockige Haare und leuchtend blaue Augen. Sie räusperte sich vorsichtig.

Mops sah auf.

Zusammen mit dem makellosen, fein gegliederten Gesicht erweckte die Gestalt bei Mops ganz bestimmte Bedürfnisse. Sein Blick glitt an der Person herab, suchte eine Andeutung von Brüsten.

Die Person lächelte unbestimmt. »Du weißt, warum ich hier bin.«

Mops rieb sich ausgiebig die Augen, bevor er antwortete. »Du bist ein ... Mann.«

»Ja.«

»Wow!«

Der noch Unbekannte lächelte erneut. »Danke.«

»Was kann ich für dich tun?«

Das Lächeln verschwand. »Deinen Job.«

Mops seufzte und deutete auf den Aktenstapel. »Siehst du diesen Papierberg? Das da sind zwei Morde. Nur zwei! Kannst du nicht in einem Monat wiederkommen, besser in einem Jahr? Ich will mich ja nicht darüber beklagen, dass bei Bearbeitung eines Falles alles seine Richtigkeit haben muss, aber das hier ...«

Der Geist wischte den Einwand mit der linken Hand beiseite. »... ist nicht so interessant wie das, was vor dir liegt.« Wieder dieses seltsame Lächeln. »Genauer gesagt in der Autopsie. Du solltest dich beeilen.«

»Warum?«

»Weil du mir dann einen Gefallen schulden wirst.«

»Was für einen Gefallen?«

»Meinen Tod aufzuklären.« Die Gestalt stand auf und begann zu verschwimmen. »Wir sehen uns.«

Mops schüttelte den Kopf. »Was soll das? Der weiß doch, dass ich bei der Mordkommission arbeite.«

Er schob sich mit seinem Stuhl vom Schreibtisch weg. »Na gut. Von mir aus. Mal sehen, was Leonie Schönes für mich hat.«

* * *

Leonie hielt den Kopf des Toten in beiden Händen. Ihre Hände strichen sanft über sein Haar, ihre Lippen näherten sich ...

»Leonie?«

Leonie schien in einer anderen Welt zu sein.

»Leonie!«

Leonie zuckte zusammen, ihr Kopf ruckte nach oben. Sie wurde rot im Gesicht und starrte Mops wütend an. »Ja! Was!«, schnappte sie.

Mops schloss die Tür zur Autopsie hinter sich. »Du hast keine Handschuhe an.«

Leonie legte den Kopf des Toten sanft zurück. »Entschuldige.« Sie ging zum Waschbecken und wusch sich routiniert, aber abwesend, die Hände.

Der Geist des Toten, der für Leonie unsichtbar neben Mops stand, lächelte vergebend. »Ist ja nichts passiert.«

Mops war sich nicht sicher, wem die Entschuldigung galt. »Gibt es etwas, was ich über dich wissen müsste? Ich war der Meinung, dass wir uns sehr gut kennen, aber …«

Leonie schüttelte sich heftig, als ob sie aus einem Traum aufzuwachen würde. »Nein. Du hast recht. Das ist vollkommen unprofessionell.« Sie drehte sich zu Mops, zögerte. »Aber …«

»Es ist eine sehr schöne Leiche. Nicht wahr?«

Der Geist des Toten nickte zustimmend ohne falsche Bescheidenheit.

Leonie schluckte. »Ja«, flüsterte sie mit belegter Stimme. »So etwas ist mir noch nie passiert. Ich … sie …«

»Er ist perfekt, nicht wahr?«

Der Geist nickte erneut.

»Ja. Das ist er. Noch im Tode. Ich weiß nicht, ob ich dir das verständlich machen kann. Ich verstehe es selbst nicht. Es ist, als ob ich mich in ihn von einem Moment auf den anderen …«

»… verliebt hätte?«

Leonies Gesichtsröte nahm zu. »Ja.«

Der Geist warf Leonie einen Kuss zu.

Mops sah in Richtung des Geistes. »Ich kann das besser nachvollziehen, als es mir lieb ist.«

Leonie starrte Mops überrascht an. »Du?«

»Ich habe ihn zuerst für eine Frau gehalten.«

»Wie meinst du das?«

»Als er mich aufgesucht hat, um mir mitzuteilen, dass er mein nächster Fall ist.«

Leonie schüttelte entschieden den Kopf. »Du musst mit den Geistern deiner Fälle ein ernstes Wort reden. Der da ist einfach gestorben. Ich konnte keine unnatürliche Todesursache feststellen.«

Der nun neben Leonie stehende Geist schüttelte ebenfalls verneinend den Kopf.

»Er sagt, dass es ein Mord war. Dass wir ihn aufklären müssen.«

»Es gibt keine unnatürliche Todesursache. Ich sagte es bereits.« Leonies Stimme klang zickig.

»Woran ist er gestorben?«

»Ich weiß es nicht.«

Mops atmete tief ein und aus. »Fassen wir deine Analyse zusammen. Du hast – bisher – keine unnatürliche Todesursache gefunden. Du hast – bisher – keine natürliche Todesursache gefunden. Dein Ergebnis: Es war kein Mord. Habe ich dich korrekt wiedergegeben?«

»So ist es!«

Mops nickte knapp. »Verstanden. Draus folgt, wenn ich es richtig interpretiere, dass der Körper da auf dem Tisch nicht tot ist. Und du gerade auf ihn draufsteigen wolltest, um ihn wiederzubeleben.« Er ignorierte den empörten Blick des Geistes und wandte sich zur Tür. »Komm bitte in mein Büro, wenn ihr beide miteinander fertig seid. Und dusch dich vorher gründlich.« Er ging hinaus und schloss die Tür zur Autopsie mit einem kräftigen Ruck, ohne Leonies Antwort abzuwarten.

* * *

Leonie setzte sich Mops gegenüber. »Sag mal, du bist doch nicht etwa eifersüchtig? Auf einen Toten?«

Der Geist des besagten Toten, der hinter Leonie stand, stellte ein demonstrativ unbeteiligtes Gesicht zur Schau.

»Wenn ich es tatsächlich wäre, dann würde ich an meinem Geisteszustand zweifeln«, gab Mops zurück. »Aber es fühlt sich gerade in diesem Moment so an. Und das macht mich, vorsichtig gesprochen, nervös.«

»Darf ich fragen, welche Informationen du bisher über den Mord bekommen hast?«

»Keine.«

Leonie zog die Augenbrauen zusammen. »Was heißt das?«

»Das heißt, dass es niemand bisher für nötig befunden hat, mich offiziell mit der Klärung des Mordes zu beauftragen.«

»Ich sagte dir bereits ...«

»Du wiederholst dich.«

Leonie schickte sich an aufzustehen.

»Entschuldige. Leonie: Im Zweifel glaube ich der Person, die mir sagt, dass es ein Mord war. Insbesondere, wenn sie selbst davon betroffen ist.«

Leonie setzte sich wieder hin und schnaubte abfällig. »Na gut. Für den Moment. Hat Chrispian dir auch gesagt, woran er gestorben ist?«

»Ich habe schon mehrfach erklärt, dass meine Geister dahingehend in keiner Weise hilfreich sind. Ich nehme an, Chrispian ist der Vorname des Toten?«

»Ja.«

»Und weiter?«

»Viel mehr habe ich nicht. Seinen Namen, seine Adresse. Todesursache unbekannt. Daher ist er bei mir gelandet.«

Mops sah verwirrt drein. »Und welcher Kollege bearbeitet den Fall?«

»So wie es aussieht: keiner. Er wurde mit einem normalen

Krankenwagen angeliefert.« Leonie zögerte.»Schon komisch, irgendwie.«

»Na ja, wenn er einfach umgekippt ist, dann wird wohl kaum ein Ermittlungsteam geschickt worden sein.«

»Richtig. Die Aufnahme erfolgte durch die Polizei. Weil seine Mitbewohner Zweifel geäußert haben, wurde er zur Untersuchung weitergeschickt. Sonst hätte der Notarzt einfach den Totenschein ausgestellt.«

»Aber einen Mord hat von denen keiner vermutet?«

»Keine Ahnung.«

»Nein. Wohl nicht. Sonst hätte ich mehr als das, was du mir gerade erzählst.« Mops sah über Leonie hinweg und nickte Chrispian zu.»Also gut. Fragen kostet ja nichts. Ich sage Müller Bescheid.«

»Danke«, sagte Chrispian.

»Danke«, sagte Leonie.

»Wofür?«, fragte Mops.»Ich habe für dich doch heute noch gar nichts getan.«

»Doch. Das hast du. Es ist mir immer noch ziemlich peinlich, was vorhin in der Autopsie ...«

»Essen wir nachher gemeinsam zu Abend? Du kochst?«

»Eigentlich wollte ich heute allein ins Bett.«

»Ich muss an meiner Kommunikationsfähigkeit arbeiten, glaube ich.«

Leonie lächelte Mops an.»Das Einzige, was ich heute noch kochen werde, ist Tee. Darüber hinaus bleibt die Küche kalt.«

»Einverstanden.«

Leonie kramte eine zusammengefaltete Fotokopie aus ihrer Handtasche und reichte sie Mops.»Das ist alles, was ich habe.«

Mops nahm das Blatt entgegen.»Danke. Ich hoffe, heute Abend weiß ich mehr.«

Erste Untersuchungen

»Das verstehe ich nicht.«

Müller, der fuhr, nahm den Blick nicht von der Straße. »Was?«

»In dem Bericht der Polizisten, die den Todesfall aufgenommen haben, steht nicht mehr als der Name des Toten und was sonst noch in seinem Ausweis zu finden war. Und dass seine Mitbewohner den Verdacht hegen, dass die Todesursache keine natürliche war. Der Notarzt hat sich auf Kreislaufversagen als Todesursache geeinigt. Leonie hat nichts gefunden, was weiterhelfen würde.« Er sah nach hinten, wo Chrispian es sich im Fond des Wagens gemütlich gemacht hatte. »Trotzdem hätte diese Information zumindest in der Datenverarbeitung hinterlegt werden müssen. Für den Fall, dass sich irgendwann neue Aspekte ergeben sollten.«

Chrispian nickte, genau wie Müller.

»Ich habe kurz mit unserem Chef telefoniert. Er meinte, bei dem Papierkrieg, den wir vor uns herschieben, könnte das eine Weile dauern. Dann habe ich die anderen Kollegen gefragt, bei wem der Fall gelandet sein könnte.« Er machte eine Pause.

»Und?«, fragte Müller.

»Niemand hat davon gehört. Und ich nur ... indirekt.«

»Was heißt hier indirekt?«, beschwerte sich Chrispian.

»Ich frage mich, wo Leonies Bericht gelandet wäre«, fuhr Mops fort.

»Ohne angelegten Fall: Nirgendwo«, gab Müller Auskunft.
»Genau. Irgendwer hätte dem Einwohnermeldeamt die
Information übermittelt, und das wäre es dann gewesen.«

* * *

Der Wagen hielt vor einem Mietshaus, das schon bessere
Jahre gesehen hatte, was auch die fröhliche Bemalung nicht
ändern konnte. Sie stiegen aus.
»Erinnert mich an meine Studienzeit«, meinte Müller.
»Ich habe damals hier in der Nähe gewohnt.« Er seufzte, »Ja,
damals.«
»Nun machen Sie mal halblang. Wir sind doch noch im
besten Alter.«
»Im besten Alter wofür?«
»So kenne ich Sie ja gar nicht.«
»Man ist nie zu jung, um sich alt zu fühlen.«
Müller langte nach dem Klingelknopf. Nach dem zweiten
Klingeln öffnete der Türsummer die Tür.

* * *

Im dritten Stock erwartete eine junge Frau die beiden. Mops
und Müller stellten sich vor und zeigten ihre Dienstausweise.
»Angelina Weiß. Danke, dass Sie sich die Zeit nehmen.«
Sie nahm die Ausweise näher in Augenschein. Bei Mops'
Ausweis verharrte sie länger, sah Mops fragend an. Wäre die
Situation nicht so ernst gewesen, hätte sie wahrscheinlich
sogar gelächelt.
»Ich bin für meinen Nachnamen etwas groß geraten.«
»Entschuldigung.«
»Keine Ursache.« Mops sah Angelina interessiert an. »Sa-
gen Sie, sind Sie mit dem Verstorbenen verwandt?«

Angelina lächelte traurig. »Nein. Nicht, dass ich wüsste. Aber Sie sind nicht der Erste, der das gefragt hat. Kommen Sie bitte herein.«

Die WG war ordentlich und mit einfach gehaltenen Möbeln bestückt. Angelina führte Mops und Müller in die Küche und stellte die beiden anderen Mitbewohner vor, Martha und Klaus.

»Sie wohnen schon länger zusammen?«, fragte Mops.

»Seit etwa drei Jahren«, gab Klaus zur Antwort. »Wir haben uns über eine Studenten-Wohnungsbörse kennengelernt und sind zusammengeblieben.«

»Sind Sie im selben Studiengang?«

»Nein. Chrispian …«, Klaus schluckte, bevor er fortfuhr, »war unser Mathematiker, Martha und ich studieren Philosophie, Angelina Medizin.«

»Danke. Ich würde gerne sofort zum ernsten Teil kommen wollen.«

Klaus zeigte auf die Essgruppe. »Natürlich. Nehmen Sie doch bitte Platz.«

Mops wartete, bis Müller seinen Notizblock auf dem Küchentisch platziert hatte.

»Wer von Ihnen hat den Toten gefunden? Und wie?«

Angelina hob die Hand. »Das war ich. Chrispian hat sich gestern nicht besonders wohlgefühlt. Er hat sich früh ins Bett gelegt. Ich denke, es war so gegen elf Uhr morgens, als ich in sein Zimmer gegangen bin, um nach ihm zu sehen. Da war er schon tot. Er war ganz kalt, kein Atem. Ich habe dann den Notarzt gerufen und Martha und Klaus verständigt.«

»Sie waren zu dem Zeitpunkt allein mit ihm?«

»Ja.« Angelina wischte sich erneut mit dem Taschentuch über das Gesicht. »Wir wohnen hier zusammen. Und wir verstehen uns sehr gut. Man könnte sagen, wie Geschwister.

Darüber hinaus haben wir keine gemeinsamen Interessen.«
Sie zögerte. »Nicht mehr«, schränkte sie ein.

»Danke. Wie war das bei Chrispian mit Elternbesuchen?
Ich meine, das ist bei Studierenden doch nicht unüblich.«

Angelina lächelte seltsam. »In seinem Fall schon.«

»Wieso? Sind seine Eltern bereits verstorben?«

»Seine leiblichen Eltern sind – waren – ihm nicht bekannt.
Und wenn ich ihn richtig verstanden habe, war sein Kontakt
zu seiner Adoptivmutter auf seltene Besuche im Internat
beschränkt. Chrispian war ein sehr selbstständiger Mensch,
der niemanden gebraucht hat.«

»Hatte er Feinde? Immerhin haben Sie und ihre Mitbewohner den Verdacht auf einen unnatürlichen Tod geäußert.«

Klaus schüttelte den Kopf. »Nicht, dass ich wüsste. Ich
denke, dass viele ihn beneidet haben. Weil ihm alles so leicht
gefallen ist. Im Studium.« Klaus grinste schräg. »Und bei
den Frauen.«

Martha wurde knallrot im Gesicht.

»Gab es zwischen Ihnen und Chrispian eine tiefere Beziehung?«, hakte Mops nach.

»Nein«, gab Martha zurück. »Jedenfalls keine, die länger
als ein paar Wochen gehalten hätten.«

»Hatte Chrispian ungewöhnliche Vorstellungen bezüglich
des Zusammenseins?«

Martha blieb neutral. »Nein. Es ist nur so, dass er sehr
schnell das Interesse verloren hat. Und ich auch.«

»Es war also keine Liebesbeziehung?«

Martha schüttelte den Kopf. »Nein. Auf keinen Fall.« Sie
sah zu Angelina hinüber.

»Nein«, bestätigte sie. »Es war eher … akademisch.«

»Das kann ich nicht ganz nachvollziehen«, gab Mops zu.

»Es gab, außer dem gemeinsamen Spaßhaben, keine weitere Kompatibilität. Zu wenig für eine dauerhafte Beziehung.«

»Ungewöhnlich«, sinnierte Mops. »Hatte der Verstorbene weitere ungewöhnliche Eigenschaften?«

»Ja. Durchaus.« Klaus suchte nach den richtigen Worten. »Er war in allem, was er tat, perfekt. Ein sehr guter Student. Ein sehr guter Sportler. Weswegen wir nicht an einen natürlichen Tod glauben.«

»Könnte er Neider gehabt haben, die ihn aus dem Weg räumen wollten?«

»Möglich. Falls dem so ist, dann ist es niemand, den wir kennen. Chrispian war beliebt. Er war weder arrogant noch abgehoben.«

»Sie setzen ihn alle auf ein ziemlich hohes Podest«, merkte Müller an. »Was hatte er an weniger guten Eigenschaften?«

Die Angesprochenen blieben stumm.

»Jetzt, wo sie danach fragen«, sagte Angelina schließlich. »Mir fallen keine ein.«

Mops stand auf. »Wir würden uns gern sein Zimmer ansehen.«

»Natürlich.«

Mops öffnete die Tür zum Chrispians Zimmer und sah hinein.

Chrispian saß auf der Couch auf der linken Seite. »Nur hereinspaziert!«

Mops sah zu den Mitbewohnern. »Hat jemand von Ihnen aufgeräumt?«

Allgemeines Kopfschütteln.

Mops betrat das Zimmer.

»Hey! Ich kann für mich selbst sorgen!«, beschwerte sich Chrispian.

»Unglaublich!«, staunte Müller. »Wenn ich an meine Studentenbude denke ...«

»Soll ich das jetzt kommentieren?«, fragte Chrispian, den außer Mops niemand sehen oder hören konnte.

Mops zog Handschuhe über und öffnete den Kleiderschrank und die Fächer und Schubladen des Schreibtisches, sah kurz hinein, ohne etwas zu berühren, und verschloss alles wieder.

Er wandte sich den Mitbewohnern zu. »Lassen Sie bitte alles so, wie es ist. Wir sehen uns das später noch einmal an. Eine Frage noch, dann lasse ich Sie für heute in Ruhe. Chrispian hatte sich schlecht gefühlt, sagten Sie. Wie hat sich das geäußert?«

»Er wirkte extrem müde.« Angelina überlegte. »Schlaff. Wissen Sie, er hat regelmäßig Sport getrieben. Wir beide sind am Wochenende oft zusammen gelaufen.«

»Welche Strecke?«, wollte Mops wissen.

»Unterschiedlich. Je nach Wetter und Laune, fünfzig bis hundert Kilometer.«

Mops stutzte. »Bitte?«

Angelina lächelte. »Das ist gar nicht so wild. Drei Stunden locker traben, eine Stunde Pause, dann wieder zurück. Oder zweimal etwas über zwei Stunden an zwei Tagen.«

»Nehmen oder nahmen Sie an Wettbewerben teil?«

»Nein, dafür haben sich weder Chrispian noch ich interessiert. Wir haben uns immer darüber amüsiert, wie sich die Athleten da abstrampeln müssen. Sie haben vorher nach negativen Eigenschaften gefragt: Das ist möglicherweise eine. Kein Ehrgeiz, weil alles so leicht erscheint.«

»Sie scheinen viel mit dem Verstorbenen gemein zu haben.«

Angelina sah Mops offen an. »Wir haben oft darüber gelacht. Aber im Gegensatz zu Chrispian weiß ich, wer meine Eltern sind.«

* * *

18

Angelina stellte den Tee auf den Tisch und setzte sich. Sie sah in die Runde. »Seltsam. Nun leben wir schon einige Zeit beisammen, und ich empfinde kaum Trauer. Eher Ärger, dass Chrispian weg ist. Und Ärger, weil ich keine Ahnung habe, warum jemand ihn umbringen wollte.«

Klaus sah auf die Tischplatte. »Ich glaube, ich habe noch gar nicht realisiert, dass er nun für immer weg ist. Das wird einiges schwerer machen.« Er drehte den Kopf zu Martha. Sie nickte. »Ja. Definitiv. Ich bin gespannt, ob die die Todesursache herausfinden.« Mit Blick auf Angelina. »Vielleicht haben wir auch überreagiert. Manchen Menschen sterben nun einmal einfach.«

Angelina schüttelte heftig den Kopf. »Ich kenne mich ein wenig damit aus. Es war keine der üblichen schnellen Todesursachen. Chrispian war kerngesund und topfit. Da legt man sich nicht an einem Tag ins Bett, um am anderen tot zu sein.«

»Und was wenn doch?«, insistierte Martha.

»Ich werde das niemals glauben.«

»Kann es sein, dass da mehr dahinter steckt?«, fragte Klaus.

»Ist durchaus möglich«, gab Angelina zu. »Chrispian und ich, wir waren irgendwie wie Geschwister. Falls es tatsächlich eine natürliche Ursache gab ...«

Martha nickte. »Ich verstehe.«

»Wie machen wir jetzt weiter?«, fragte Klaus.

Martha sah in die Runde. »Ich sehe keinen Grund, mit dem aufzuhören, was wir angefangen haben.«

* * *

»Wie ist Ihr Eindruck von den Mitbewohnern?«

Müller sah seine Notizen durch. Er legte sie auf Mops' Schreibtisch und lehnte sich im Stuhl zurück. »Worauf wollen Sie hinaus? Ich habe selten unauffälligere Personen gesehen.«

»Mit anderen Worten: Leute wie Sie und ich.«

»Nein. Leute wie ich.«

»Danke.«

»Gerne.«

»Und das kommt Ihnen nicht verdächtig vor?«

»Es gibt keinen Anhaltspunkt. Abgesehen davon, dass ein junger Mann mit der Kondition eines Olympioniken einfach krank wird und innerhalb eines Tages stirbt. Ohne dass Leonie irgendetwas findet, was die Todesursache gewesen sein könnte.«

Mops stand auf. »Ich schlage vor, wir machen Feierabend für heute. Morgen gehe ich zum Einwohnermeldeamt und zum Standesamt. Vielleicht haben die etwas. Und Sie sehen sich noch einmal das Zimmer des Toten an.«

»Wieso ich?«

»Weil ich den Eindruck habe, dass ich dort etwas Offensichtliches übersehen habe. Entweder etwas, das fehlt. Oder etwas, was da ist, dem ich aber keine besondere Betrachtung geschenkt habe.«

»Mache ich.« Müller griff nach seinem Notizblock. »Und der Bericht?«

Mops grinste. »Den bringen Sie mir, wenn Sie zurückkommen. Ich werde Leonie morgen dazu holen. Und falls mindestens zwei von uns dreien das alles normal finden, dann kommt der Fall zu den Akten.« Er sah in Richtung von Chrispian. »Egal ob er etwas dagegen hat oder nicht.«

Müller sah Mops fragend an. »Wer?«

»Sie wissen schon.«

»Ach so. Na dann noch einen schönen Abend.«

* * *

Leonie goss den Tee vorsichtig in die Porzellantasse. Genauso vorsichtig nahm Mops die Tasse auf, führte sie zum Mund und nahm einen kleinen Schluck daraus.

»Altdeutsche Teezeremonie. Ich liebe das.« Er stellte die Tasse zurück und sah interessiert zu, wie sich in den Kandiszuckerstücken weitere Risse bildeten.

Leonie nippte an ihrer Tasse, behielt sie in beiden Händen.

»Hoffentlich friert mein Tee nicht zu.«

»Erkältet?«

»Nein. Eigentlich nicht. Aber dieser Chrispian macht mir sehr zu schaffen.«

»Seltsamer Name, nicht wahr?«

»Eher selten. Ich habe nachgeschlagen. Der Name ist lateinischen Ursprungs. Kraus, gekräuselt, wellenförmig. Aber auch heiter‹ unbeschwert. Außerdem gab es zwei christliche Märtyrer namens Crispinus und Crispinianus.« Sie lächelte entschuldigend. »Der Legende nach waren die kaum totzukriegen.«

»Interessant. Ich habe mit den Mitbewohnern seiner WG gesprochen. Wenn das stimmt, was sie sagen, muss er ein Ausnahmeathlet gewesen sein. Und kerngesund. Bis zu dem Tag, an dem er innerhalb eines Tages verfällt und verstirbt.«

Leonie nahm einen tiefen Schluck Tee und setzte die Tasse frustriert ab. Das Porzellan klimperte erschreckt.

»Ich habe noch nie einen gesünderen Toten gesehen! Es ist, als hätte er einfach aufgehört zu funktionieren!«

Mops beugte sich vor und nahm Leonies Hand in seine.

»Du hast wirklich kalte Hände. Bist du sicher, dass du dir in der Autopsie nichts Ansteckendes geholt hast?«

Leonie nickte. »Ja. Kein Schnupfen, keine Erkältung. Und der Tote hatte auch keinerlei Keime an sich, die über das

Übliche hinausgehen würden. Ich habe zur Sicherheit ein paar Gewebeproben entnommen und zur genetischen Analyse geschickt. Manchmal haben solche Menschen ja extrem seltene Defekte, die lebensgefährlich sein können. Hast du herausbekommen, wo seine Verwandten leben?«

»Bisher nein. So, wie es aussieht, hat Chrispian in einem Waisenhaus gelebt, bis er als Kind adoptiert wurde. Ich versuche morgen, Näheres herauszubekommen. Von daher ist es schon einmal gut, dass du die genetische Untersuchung beauftragt hast. Übrigens: Eine seiner Mitbewohnerinnen hat mit ihm eine frappierende Ähnlichkeit. Aber sie sagt, sie wüsste, wer ihre Eltern sind. Wir werden die WG noch einmal unter die Lupe nehmen.«

Leonies Neugier war geweckt. »Wie ähnlich sind die beiden, deiner Meinung nach?«

»Ich hätte sie für Zwillinge gehalten.«

»Hm. Dann sollte ich mir die junge Dame vielleicht auch einmal ansehen. Falls es tatsächlich eine ungewöhnliche Todesursache war und falls sie und er sich, zumindest genetisch, nahestehen, dann wäre sie möglicherweise ebenfalls in Gefahr.«

»Daran habe ich gar nicht gedacht. Abgesehen von ihrer Trauer machte sie den Eindruck, sehr gut beieinander zu sein.«

»Wie gut?«

»Leonie. Ich war dienstlich da, nicht privat.«

»Wie gut?«

»So wie der Tote in der Autopsie. Aber ihre Trauer hat das überschattet.« Er überlegte kurz. »Also gut. Müller kann dich mitnehmen. Er soll sich sowieso dort noch einmal umsehen. Brauchst du besonderes Gerät für die Untersuchung? Müssen wir die drei Mitbewohner vorladen?«

»Ich denke nein. Einmal ansehen und eine Speichelprobe

sollte für das Erste reichen. Oder siehst du einen Grund, offensiver vorzugehen?«

»Nein. Die Trauer schien mir echt zu sein. Sie kennen sich wohl sehr gut. So weit bekannt, hatte Chrispian keine Feinde. Aber keiner der WG-Bewohner glaubt an eine natürliche Todesursache.«

Leonie nickte. »Medizinisch muss ich dir beipflichten. ›Ist nach kurzer unbekannter Krankheit überraschend verstorben‹. Je mehr ich darüber nachdenke, desto unheimlicher wird mir das.«

»Heute Morgen hast du dich aber anders angehört.«

Leonie verzog das Gesicht. »Ja. Ich weiß. Können wir es dabei belassen?«

»Sicher. Danke für den Tee. Den habe ich wirklich gebraucht.« Mops machte Anstalten aufzustehen.

»Nanu?«, fragte Leonie.

»Was, nanu?«

»Ach, nichts.«

»Eben.«

An der Haustür umarmten Mops und Leonie sich kurz.

Mops lächelte schräg. »Es ist nicht so, dass ich plötzlich ein Gentleman geworden bin. Aber ich bin total abgelenkt.«

»Mir geht es ebenso«, gab Leonie zurück. »Lass uns eine Nacht darüber schlafen.«

Auf dem Hausflur ging Mops ein paar Schritte. Dann blieb er stehen und schnippte mit den Fingern.

Chrispian erschien und machte ein unzufriedenes Gesicht.

Mops grinste ihn an. »Allein. Gelle? Hast du mir noch etwas zu sagen?«

Chrispian lächelte unergründlich. »Öffne deinen Geist. Du weißt schon mehr, als du glaubst.« Damit verschwand er.

Mops machte sich wieder auf den Weg. »Ich hasse Klugscheißer«, grummelte er.

* * *

»Sie haben also Zweifel?«

Mops sah seinen Vorgesetzten offen an. »Ja. Es gibt einige schwache Indizien, dass nicht alles bei diesem Todesfall mit rechten Dingen zugegangen ist.«

Mops' Gegenüber lächelte schräg. »Die da wären: Keine nachgewiesene unnatürliche Todesursache, kein Motiv, kein Verdächtiger.«

Mops nickte. »So sieht es aus. Ich glaube, das nennt man das perfekte Verbrechen. Woran ich allerdings nicht glaube. Es gibt kein perfektes Verbrechen. Daraus schließe ich messerscharf, dass bisher etwas übersehen wurde.«

»Und die einfache Antwort kommt für Sie hier nicht infrage?«

»Nein.«

»Warum?«

»Intuition. Erfahrung. Bauchgefühl.«

»Haben Sie schon eine Idee?«

»Nein. Ich mache mit Müller erst einmal die normale Arbeit. Zeugen noch einmal befragen, Behörden besuchen. Leonie hat einen Verdacht geäußert, dass es sich möglicherweise um eine bisher unbekannte Krankheit handeln könnte. Sie will die Mitbewohner unter die Lupe nehmen. Wir setzen da auf Kooperation.«

Der Vorgesetzte nickte. »Na gut, meinetwegen. Aber nicht länger als zwei Tage.«

»Danke.« Mops wandte sich zum Gehen.

»Noch etwas.«

»Ja?«

»Sorgen Sie dafür, dass Sie Ihren Schreibtisch aufgeräumt bekommen. Sie sind mit den Berichten arg im Rückstand.«

»Ich weiß.«

* * *

Die Sachbearbeiterin auf dem Amt sah erst Mops zweifelnd, dann seinen Dienstausweis sehr genau an. »Was kann ich für Sie tun?«

»Ich benötige Informationen über einen Chrispian Wagner, wenn es recht ist.«

»Warum?«

»Weil ich diese für meine Arbeit brauche. Entschuldigen Sie, aber mehr darf ich im Moment nicht darüber sagen.«

Mops sah der Dame an, dass sie gerne mehr darüber erfahren hätte.

»Meinetwegen.« Sie begab sich in die Tiefen der Registratur und kehrte zehn Minuten später mit einigen Dokumenten zurück. »Hat sich vor drei Jahren angemeldet.« Sie stutzte. »Moment. War das nicht so ein großer Blonder?«

»Ja. Warum?«

Die Dame wurde verlegen. »Er war sehr freundlich. Und sehr gut aussehend.«

»Durchaus. Woran können Sie sich noch erinnern?«

Chrispian machte zur Sachbearbeiterin mit beiden Händen eine Bewegung, wie um zu sagen: Nun erzähl schon.

»Es war eine Gruppe junger Leute. Eine von ihnen habe ich für seine Schwester gehalten. Sie sah ihm sehr ähnlich. Studenten, nehme ich an.« Sie lächelte versonnen. »Wir waren alle einmal jung, nicht wahr?«

»Ja. Gab es noch irgendetwas Besonderes?«

»Nein.«

»Können Sie mir bitte auch die Daten der anderen drei heraussuchen? Ich gebe Ihnen die Namen.«

Das Gesicht der Sachbearbeiterin verdüsterte sich. »Er ist tot. Nicht wahr?«

Mops nickte. »Ja. Sie sind eine gute Menschenkennerin.«

»Wenn Sie wüssten, wer hier alles vorbeikommt.«

»So weit ich weiß, ist Chrispian in dieser Stadt in einem Waisenhaus abgegeben worden. Können Sie bitte auch einen Blick in die Standesamtsunterlagen werfen?«

»Sie wollen ganz schön viel auf einmal wissen.«

»Ist mein Beruf.«

Nach einer Weile lagen die gewünschten Unterlagen vor Mops. Die Sachbearbeiterin ließ ebenfalls ihren Blick darüber schweifen.

Sie stutzte. »So ein Zufall.«

»Was meinen Sie?«

»Chrispian wurde von einer Frau aus demselben Ort adoptiert, in dem auch Angelina Weiß geboren wurde.«

»Aber nicht von derselben Frau. Zumindest dem eingetragenen Geburtsnamen nach nicht.«

Die Sachbearbeiterin blinzelte Mops an. »Beflügelt das nicht Ihre Fantasie, Herr Kommissar?«

»Inspektor. Durchaus. Aber warum sollte eine Frau ein Kind abgeben und dann adoptieren, wenn es ihr eigenes gewesen wäre? Einmal unterstellt, Chrispian und Angelina hätten denselben Vater.«

»Gute Frage. Erzählen Sie mir die Antwort, falls Sie es herausbekommen?«

Mops lächelte unverbindlich und zog seinen Notizblock. »Ich kann es nicht versprechen.«

* * *

Martha öffnete die Tür und ließ Leonie und Müller ein.

»Sind sie auch ...?«

»Nein. Ich bin Ärztin. Ich würde gern Sie und Ihre Mitbewohner kurz untersuchen.«

»Warum?«

»Weil der Todesfall bisher keinen Anhalt auf eine unnatürliche Todesursache ergeben hat. Vielleicht hat Chrispian eine Krankheit mit sich herumgetragen, die ansteckend war. Dem will ich nachgehen. Auch, um Sie zu schützen.«

Martha nickte. »Das ist verständlich. Wir sind heute zu Hause geblieben. Uns ist nicht gerade nach Lernen.«

Müller nickte verständnisvoll. »Darf ich mich noch einmal in Chrispians Zimmer umsehen?«

»Sicher. Können Sie uns sagen, wann er zur Bestattung freigegeben wird? Wir würden uns gern von ihm verabschieden wollen.«

»Machen wir. Wissen Sie, ob er, außer zu Ihnen, engere Kontakte zu anderen Menschen hatte?«

»Ich glaube nicht. Selbst seine Adoptivmutter hat ihn hier nie besucht. Und er ist, so weit ich weiß, auch nie sie besuchen gewesen in den letzten Jahren. Irgendwie waren … waren wir seine Familie.«

»Ich notiere es mir.« Müller zog seinen Notizblock und machte sich auf den Weg zu Chrispians Zimmer.

Leonie untersuchte die drei Mitbewohner in ihren Zimmern und nahm Speichel- und Blutproben.

Sie trafen sich zum Abschluss in der Küche.

Leonie sah in die Runde. »So weit ich es ohne die Analysen sagen kann, ist niemand von Ihnen krank. Sie bekommen morgen, spätestens übermorgen Bescheid über die Ergebnisse.«

»Danke, dass sie sich die Mühe machen«, sagte Angelina. Sie sah zu Müller. »Aber etwas Konkretes haben Sie bisher nicht gefunden?«

Müller schüttelte den Kopf. Er legte ein Foto auf den Tisch, dass er aus Chrispians Zimmer mitgebracht hatte. »Kennen Sie diese Person?«

Alle verneinten.

»Dem Aussehen nach ist die Frau alt genug, um als die Adoptivmutter infrage zu kommen«, vermutete Angelina. »Das Gebäude im Hintergrund kommt mir bekannt vor.«

* * *

»Gab es sonst noch etwas Interessantes in Chrispians Zimmer?«, fragte Leonie, als sie mit Müller auf dem Weg zum Auto war.

»Nein. Nichts, was mir aufgefallen wäre. Abgesehen davon, dass es akkurat aufgeräumt war. Ich habe einen Hefter mit Kontoauszügen gefunden. Vielleicht hilft der weiter. So wie es aussieht, werden wir dann wohl seine Adoptiveltern benachrichtigen müssen.«

»Chrispian hatte wohl kein besonders intensives Verhältnis zu ihnen.«

»Vermute ich auch. Gestern sprach Angelina davon, dass er in einem Internat aufgewachsen ist.«

»Ich frage mich, warum Menschen ein Kind adoptieren, um es dann so schnell wie möglich wieder abzuschieben. Geld scheint ja nicht das Problem gewesen zu sein.«

»Einigen Überweisungen nach, die ich gesehen habe, wahrscheinlich nicht. Vielleicht haben sie Chrispian als eine Investition in ihre Nachfolge gesehen?«

Leonie runzelte unwillig die Stirn. »Mir wäre eine derart mechanistische Beziehung zuwider.«

»Apropos.«

»Apropos was?«

»Ich bin neugierig. Und Polizist.«

»Kein Kommentar. Ich muss mich noch von unserem letzten Fall erholen, bevor ich ernsthaft über dieses Thema nachdenke.«

»Kann ich verstehen. Auch wenn ich bis heute nicht alles verstanden habe, was damals passiert ist.«

»Es gibt Tage, da bewundere ich Sie für Ihre Bodenständigkeit.« Leonie lächelte spitzbübisch. »Trotzdem will ich nicht mit Ihnen tauschen.«

»Gleichfalls.«

* * *

Das Waisenhaus lag in der Nähe des Stadtzentrums, praktischerweise unweit verschiedener Krankenhäuser mit Geburtsstationen. Ein kleiner Grünstreifen umgab die beiden Häuser, in dem sich einige Gräser und Büsche mehr schlecht als recht dem durch die umliegenden Gebäude erzeugten Schatten entgegenstellten.

Die Heimleiterin empfing Mops in ihrem Büro. Sie hatte Kaffee und Kekse bereitgestellt.

Mops sah sich um, bevor er Platz nahm. »Ohne ihnen zu nahe treten zu wollen: Das Ambiente macht einen fast barocken Eindruck.«

Frau Müller lächelte gütig. »Biedermeier, um genau zu sein. Wissen Sie, wir bilden viele unserer Schützlinge in handwerklichen Berufen aus. Was den Vorteil hat, dass uns die Restaurierung des Mobiliars des Verwaltungsbereiches fast nichts kostet. Wir geben das zur Verfügung stehende Geld lieber für wichtigere Dinge aus.«

»Ich verstehe. Darf ich zu meinem Anliegen kommen?«

»Gerne. Allerdings muss ich Ihnen gleich am Anfang sagen, dass wir uns größtenteils auf mündliche Überlieferung beschränken müssen. Bei dem Brand vor zwanzig Jahren sind erhebliche Teile unseres Archivs den Flammen zum Opfer gefallen. Darunter auch die Daten von Chrispian.«

»Das ist schade. Ich hatte gehofft, hier nähere Informationen zu bekommen. Ist bekannt, wer seine leiblichen Eltern waren?«

»Leider nein. Es soll zu der Zeit eine ungewöhnlich große Schenkung gegeben haben mit der Auflage, sie insbesondere für die Allerjüngsten einzusetzen. Der Spender ist ebenfalls anonym geblieben.«

»Kannten Sie Chrispian persönlich?«

»Ich habe ihn das letzte Jahr, das er hier verbracht hat, gesehen. Und ich erinnere mich recht gut an ihn. Ein sehr aufgewecktes Kind. Er konnte schon mit drei Jahren Lesen und Schreiben. Hat alles verschlungen, was er in der Bücherei zu fassen bekommen hat. Damit meine ich nicht die Bilderbücher.« Sie lächelte versonnen. »Und er war ein Charmeur, wie er im Buche steht. Er hätte auf das Kindchenschema ein Patent anmelden können und hätte es erhalten.« Sie wurde ernst. »Er war viel zu weit entwickelt für sein Alter. Nicht körperlich, obwohl er sehr kräftig war. Aber wenn er mit fünfzehnjährigen am Tisch saß und diskutierte, dann hätten sie vergessen, dass es sich um einen Dreijährigen handelt. Es ist sehr traurig, zu erfahren, dass er von seinen Fähigkeiten keinen weiteren Gebrauch machen kann. Ich bin überzeugt davon, er hätte Großes leisten können.«

»Haben oder hatten Sie Kontakt zu seinen Adoptiveltern?«

»Nein. Es war im Übrigen nur eine Adoptivmutter, wenn ich mich recht erinnere. Sehr ungewöhnlich. Es gab dafür eine Sondergenehmigung.«

»Wieso Sondergenehmigung?«

»Wissen Sie, üblicherweise dürfen nur Paare Kinder adoptieren, keine Einzelpersonen. Es gab eine offizielle Bestätigung der besonderen Qualifikation der Frau.«

»Aha. Wie war ihr Eindruck von ihr?«

»Eine sehr gebildete Frau. Mit medizinischem Hintergrund, soweit ich mich erinnere. Aber ich hätte ihr das Kind nicht überlassen.«

»Warum?«

»Ja, das war schon seltsam. Sie ist eines Tages aufgetaucht und hat mir die Adoptionsurkunde unter die Nase gehalten. Die Aktion ist meines Wissens ohne vorherigen persönlichen Kontakt zum Kind geschehen.«

»Wollen Sie damit sagen, dass die Adoptivmutter sich nicht vorab mit dem Kind beschäftigt hat?«

»Zumindest nicht in meinem Beisein. Alle beteiligten Behörden haben bestätigt, dass es mit rechten Dingen zuginge. Nur mit mir hat niemand gesprochen.«

»Verzeihen Sie, wenn ich direkt frage: Es war nicht etwa so, dass Sie sich selbst mehr in der Mutterrolle gesehen haben, als es von Berufs wegen notwendig gewesen wäre? Und Sie daher vielleicht überreagiert haben?«

Ein kurzer Schimmer des Ärgers überzog Frau Müllers Gesicht. »Doch. Bestimmt sogar. Deshalb habe ich gerade in diesem Fall sehr genau gearbeitet. Aber wie ich schon sagte: Es gab keinen greifbaren juristischen Einwand. Trotzdem bin ich nicht das Gefühl losgeworden, als ob diese Dame Chrispian gewissermaßen wie im Katalog bestellt und dann abgeholt hat.«

»Schade, dass die Unterlagen verbrannt sind. Ich hätte gern mehr erfahren. Wie und wo Chrispian mit seiner Adoptivmutter gelebt hat zum Beispiel.«

Frau Müllers Gesicht bekam eine blasse Note. »Da kann ich vielleicht ein wenig helfen.«

»Wieso?«

»Ich war eifersüchtig. Ja. Ich wollte sicher gehen, dass es Chrispian gut geht.« Sie zögerte. »Mehr als über das beruflich Notwendige hinaus.«

»Weiter, bitte.«

»Nun … ich habe seine neue Heimat mehrmals besucht. Heimlich. Bis ich erfahren habe, dass er in ein Schweizer Internat geschickt wurde.«

»Aber sie haben nie mit der Adoptivmutter gesprochen.«

»Nein. Aber eines weiß ich sicher: Sie hat ihn nicht umgebracht.«

»Wie kommen Sie darauf, dass er getötet worden sein könnte?«

Frau Müller lehnte sich in ihren Ohrensessel zurück und schloss die Augen. Als sie sie wieder öffnete, glitzerten Tränen in ihnen.

»Chrispian war zu gut für diese Welt.«

* * *

Chrispian saß neben Mops auf dem Beifahrersitz. »Wohin?«

»Präsidium«, knurrte Mops. »Dein Fall schlägt mir allmählich auf das Gemüt.«

»Tut das nicht jeder deiner Fälle?«

»Da du es niemandem weitererzählen wirst: nein. Tut es nicht.«

Chrispian lächelte. »Frau Müller hat die vielen Streiche vergessen, die ich ihr gespielt habe. Weißt du überhaupt, wie schrecklich es ist, im Körper eines Kindes zu stecken und zu verstehen, was die Erwachsenen tun? Ich war mehr als froh, als meine Adoptivmutter mich abgeschoben und nur noch selten besucht hat. Sie war komplett überfordert mit mir. Trotz allem habe ich sie und auch Frau Müller sehr gemocht.«

»Das heißt, die beiden fallen als potentielle Täter weg?«

Chrispian lächelte ironisch. »Das habe ich nicht gesagt.«

Mops hatte seinen Schreibtisch aufgeräumt. Das heißt, er hatte alles, was darauf gelegen hatte, mit Ausnahme von Telefon und dem Terminal, in einer Ecke aufgestapelt. Zusammen mit Leonie und Müller betrachteten sie die Ergebnisse des Tages.

»Auf die Untersuchung der Proben der WG-Bewohner müssen wir noch warten. Da kommt nichts vor morgen Abend«, gab Leonie bekannt.

»Werden auch genetische Analysen gemacht?«, wollte Mops wissen.

»Ja. Die frappierende Ähnlichkeit von Chrispian und Angelina lässt mir keine Ruhe.«

»Danke. Was haben Sie, Müller?«

Müller legte das Foto und die Bankauszüge auf den Tisch.

»Ich nehme an, seine Adoptivmutter.«

»Wir werden sie demnächst aufsuchen. Es gibt angeblich keinen Adoptivvater.«

»Chrispian schien ein Stipendium zu bekommen. Ein ziemlich großzügiges. Allerdings ist die Quelle der Zahlungen nicht so einfach auszumachen. Es handelt sich um eine Stiftung, die Gelder von Mäzenen verwaltet und für herausragende Leistungen zur Verfügung stellt. Die meisten Spender sind anonym, habe ich in Erfahrung gebracht.«

»Schwarzgelder? Geldwäsche?«

Müller wiegte den Kopf hin und her. »Unser Chef hat mich gebeten, erst bei sehr konkretem Verdacht in diese Richtung tätig zu werden. Hat sich ziemlich politisch angehört. So kenne ich ihn gar nicht.«

»Wir sollen also die Finger davon lassen?«, fragte Mops zurück.

»Genau das hat er nicht gesagt. Sondern nur, dass es

keine gute Idee wäre, wenn jemand nur mit einer vagen Vermutung kommend eine Anschuldigung aufstellen würde. Die scheinen sehr gute Anwälte zu beschäftigen.«

Mops seufzte. »Na gut. Bei mir sieht es etwas besser aus. Auf dem Amt habe ich die Informationen über die WG-Mitglieder erhalten. Sowie den Namen und die Adresse der Adoptivmutter.«

»Und?«, fragte Leonie.

»Die Adoptivmutter ist kurz nach der Adoption unbekannt verzogen. Es gibt keine erneute Anmeldung unter diesem Namen in einem anderen Ort im Land.«

»Sehr ungewöhnlich.« Müller verzog das Gesicht. »Dann haben wir ein Problem.«

Mops lächelte seltsam. »Nein. Haben wir nicht.«

»Warum?«

»Weil Klein-Chrispian der Leiterin des Waisenhauses eine Karte geschickt hat. Mit der neuen Adresse.«

Leonie sah Mops zweifelnd an. »Wie alt war er da?«

»Vier, schätze ich.«

»Und das hat niemand bemerkt?«

»Nein. Chrispian war wohl sehr weit für sein Alter. Frau Müller, die Heimleiterin, hat ihn sogar einmal heimlich getroffen. Was sie mir nicht gern erzählt hat. Chrispian ist demnach sehr gut behandelt worden.«

»Die Adoptivmutter hatte diese Frau Müller aber nie kontaktiert?«, fragte Müller.

»Nein. Chrispian muss wohl schon immer ein Frauentyp gewesen sein.« Mops sah betont nicht in Leonies Richtung.

»Willst du etwas Bestimmtes damit sagen?« Leonies Stimme war um etliche Grade abgekühlt.

»Nur, dass es wohl nicht einfach war, ihn loszulassen. Das haben auch Angelina und Martha bestätigt. Das ist immer von ihm ausgegangen. Zumindest, als er erwachsen war. Wie auch immer, ich habe eine Adresse, die ich morgen besuchen werde.« Er nannte sie.

Leonie schlug sich mit der Hand an den Kopf. »Ah! Jetzt weiß ich, was auf dem Foto im Hintergrund ist!«

Hinter Leonie applaudierte Chrispian.

»Möchtest du einen Anwalt zu Rate ziehen, bevor du es uns erzählst?«, wollte Mops wissen.

Leonie hauchte Mops einen falschen Kuss zu. »Das ist interessant. Also beruflich, meine ich. Nicht falsch verstehen.«

»Darf ich das bitte selbst entscheiden?«

Leonie lächelte süffisant. »Sicher. Es handelt sich um das St. Stylian Hospital. Das Foto dürfte mindestens 20 Jahre alt sein. Möglicherweise wurde der kleine Chrispian dort untersucht und behandelt, falls er jemals krank war. Dürfte auf jeden Fall einen Besuch wert sein.«

Müller räusperte sich. »Ist das nicht der Laden, in dem jeder ein Kind gemacht bekommen kann?«

Leonie zog die Augenbrauen zusammen. »Das ist jetzt sehr profan ausgedrückt. Das Hospital ist weltbekannt für seine erfolgreiche Unterstützung schwieriger Schwangerschaftskonstellationen. Allerdings«, schränkte sie ein, »gab es ein paar negative Kritiken, dass man dort die medizinische Ethik sehr großzügig auslegen würde. Es konnte aber in keinem einzigen Fall nachgewiesen werden. Alles geschieht gemäß den geltenden Gesetzen des Landes des Klienten.«

»Mir ist der Name auch untergekommen«, meinte Müller. »Der Direktor dieser Klinik sitzt im Vorstand der Stiftung, von der ich vorhin gesprochen habe.«

Die Klinik

Das Haus lag in einer Siedlung, die an eine Schrebergarten-
kolonie erinnerte. Viel Grün, alles sehr gepflegt, die Autos auf
Sammelparkplätzen, deren Bewachungspersonal einen sehr
aufmerksamen Eindruck machte. Eine Gated Community
ohne Zaun drumherum.

Obwohl das Haus bestimmt hundert Jahre auf dem Buckel
hatte, war es besser gepflegt als mancher Neubau. Es erschien
gediegen, freundlich. Und teuer.

Mops benutzte den Türklopfer. Im Inneren des Hauses
erklang ein Gong.

Eine Minute später öffnete eine große, schwarzhaarige
Frau die Tür. Mops schätzte ihr Alter auf siebzig.

»Frau Vera Wagner?«

Die Frau betrachtete Mops misstrauisch. »Was kann ich
für Sie tun?«

Mops stellte sich vor und zeigte seinen Dienstausweis.
»Sind Sie die Adoptivmutter von Chrispian Wagner?«

Die Frau machte den Eindruck, schon öfter Dienstausweise
gesehen zu haben. Ihr Blick suchte bestimmte Merkmale,
dann nickte sie knapp. »Ja. Das bin ich.«

»Wann haben Sie ihn zum letzten Mal gesehen?«

Ein Anflug von Besorgnis zeigte sich auf ihrem Gesicht,
nicht mehr.

»Das ist etwa fünfzehn Jahre her. Warum?«

Mops räusperte sich. »Ich bin gekommen, um eine unangenehme Botschaft zu überbringen.«

»Ist er gestorben?« Die Frage wurde in einem sachlichen Ton gestellt.

Mops nickte. »Ja. Vor zwei Tagen. So wie es aussieht, hatte Chrispian außer Ihnen keine näheren Bekannten.«

»Entschuldigen Sie meine Unhöflichkeit. Bitte kommen Sie herein.«

Vera Wagner bat Mops in das Wohnzimmer. »Nehmen Sie bitte Platz. Möchten Sie etwas zu trinken? Ich kann mir vorstellen, dass Sie solche Besuche nicht allzu gern machen.«

Mops setzte sich in einen der bequemen Sessel. »Nein, das tue ich nicht. Danke, ich möchte nichts. Sie machen einen sehr gefassten Eindruck.«

Vera setzte sich Mops gegenüber. »Wissen Sie, wenn man sich sehr lange nicht sieht und nur gelegentlich voneinander hört, dann ist ein Verhältnis nicht besonders persönlich.«

»Das verstehe ich. Trotzdem finde ich das ungewöhnlich für eine Mutter-Kind-Beziehung. Auch wenn es nicht das eigene Kind war.«

»Das kann ich nachvollziehen. Sehen Sie, ich habe Chrispian betreut, bis er alt genug war, um ein Internat zu besuchen. Dann haben sich unsere Wege getrennt. Chrispian war ein weit überdurchschnittlich begabtes Kind. Obwohl er das Spielen im Kindergarten genossen hat, war ihm das viel zu wenig.«

»War Chrispian jemals ernsthaft krank?«

»Nein.«

»Wurde er regelmäßig untersucht?«

»Sicher. Ich habe meine Aufgabe wahrgenommen. Es wurden alle Regeluntersuchungen für Kinder durchgeführt.«

»Darf ich fragen, wo? Ich würde gern Einsicht in die Dokumente nehmen.«

»Sicher. Im St. Stylian Hospital. Machen Sie einen Termin

mit Prof. Dr. Schneider. Ich schließe aus Ihrem Interesse, dass es Zweifel an einem natürlichen Tod gibt?«

»Ja. Wieso schließen Sie ein Gewaltverbrechen aus?« Vera lächelte. »Weil sie dann keine Krankengeschichte bräuchten.«

»Darf ich Sie nach Ihrem Beruf fragen?«

»Ich war Kinderärztin. Am Hospital.« Ihre Gesichtszüge verhärteten sich. »Bis ich einen Fehler beging. Sie werden es sowieso erfahren.«

»Sie meinen einen ärztlichen Kunstfehler?«

»Das ist die offizielle Version. Für meine gibt es keinen Beweis. Bleiben wir also bei der offiziellen. Danach war meine medizinische Karriere beendet. Dr. Schneider hat sich für mich eingesetzt. Und mir ein Angebot gemacht, das ich nicht ablehnen konnte.«

»Lassen Sie mich raten: Chrispian?«

»Ja. Er betreibt eine Langzeitstudie bezüglich der Entwicklung hochbegabter Kinder aus verschiedenen sozialen Umgebungen. Seit fünfundzwanzig Jahren. Er kümmert sich nicht nur darum, dass Paare, die biologisch sonst keine Chance hätten, Kinder bekommen, sondern auch wie diese im Verhältnis zu einer Vergleichsgruppe abschneiden.«

»Warum gerade eine derart exklusive Vergleichsgruppe?«

»Das müssen Sie ihn selbst fragen. Sein Angebot war, Chrispian bis zur Einschulung zu betreuen und alles genau zu dokumentieren.«

»War Chrispian ein interessantes Studienobjekt?«

»Ich sehe, worauf Sie hinauswollen. Aber so war es nicht. Chrispian war ein kleiner Mensch, mit dem der Großteil seiner Umgebung nichts hätte anfangen können. Ein Mensch. Nicht eine Ratte in einer Versuchsanordnung. Ich habe ihn, solange er bei mir war, im besten Sinne bemuttert. So viel das bei einem Kind möglich ist, das in den Kindergarten geht und sich zu Hause mit mir unterhält wie Sie gerade. Chrispian hat mit zwölf das Abitur gemacht und mit sechzehn seinen ersten Studienabschluss. Danach ist unser nur noch gelegentlicher telefonischer und schriftlicher Kontakt endgültig abgebrochen. Ja. Natürlich bin ich traurig, dass er gestorben ist. Aber er steht mir nicht sehr nahe. Nicht mehr.«

* * *

Chrispian wartete vor dem Haus.

»Warum bist du nicht mitgekommen?«, fragte Mops.

»Ich habe viele schöne Erinnerungen und möchte sie nicht durch die Ergebnisse deiner Arbeit zerstören.«

»Vera erschien mir sehr gefasst. Aber auch sehr glatt.«

Chrispian lächelte. »Sie konnte gut mit mir umgehen. Meistens.«

»War es damals schwer für dich, sie zu verlassen?«

»Nein.«

»Hast du auch unangenehme Erinnerungen an diese Zeit? Irgendjemand, der dir wehgetan hat?«

»Netter Versuch.«

»Es ist nicht einfach, den Tod von jemandem aufzuklären, der mich permanent geistig so überragt wie du.«

»Ich gebe dir einen Hinweis.«

Mops horchte auf. »Und der wäre?«

»Mach dir Gedanken über die Eigenschaft deiner Sense.«

»Das ist nicht hilfreich, finde ich.«

»Warte es ab. Und halte sie scharf.«

* * *

40

»St. Stylian Hospital, Schneider.«

Die Frauenstimme war verzerrt. »Ist er schon bei Ihnen aufgetaucht?«

»Wer?«

»Dieser mopsige Inspektor. Leiden Sie an Alzheimer? Über das beruflich notwendige Maß hinaus?«

»Ihre Häme können Sie sich sparen.«

»Gehen Sie davon aus, dass er Vera ausfindig macht. Das könnte ein Problem werden.«

»Warum?«

»Weil dieser Mops ein kluger Kopf ist. Unterschätzen Sie ihn nicht. Sein Assistent hat das Foto von Vera bei Chrispian mitgenommen.«

»Wieso haben Sie es nicht beseitigt?«

»Weil die Adresse spätestens dann herausgekommen wäre, wenn die sich an das Internat gewandt hätten.«

»Vera weiß nichts.«

»Das sagen Sie.«

»Ich kümmere mich darum. Noch etwas?«

»Ja. Sie wissen schon. Studieren wird auch immer teurer.«

»Sie sollten den Bogen nicht überspannen.«

Ein kurzes Lachen war zu hören. »Bezogen auf Ihre Möglichkeiten liegt der noch im Schrank. Also?«

»Meinetwegen.«

»Ich halte Sie weiter auf dem Laufenden. Dieser Mops ist einer von der hartnäckigen Sorte.«

* * *

Die Tür zu Schneiders Büro wurde vorsichtig geöffnet. Ein Frauenkopf sah hinein.

»Herr Professor?«

Schneider sah von einem Bericht auf. »Ja, bitte?«

41

»Da draußen ist ein Herr von der Kriminalpolizei, der mit Ihnen sprechen möchte. Er hat keinen Termin, aber er sagt, es sei wichtig.«

Schneider seufzte theatralisch. »Na gut. Kommen Sie in zehn Minuten wieder, um ihn hinauszukomplimentieren.« Die Assistentin nickte zustimmend.

Schneider stand auf, um seinen ungebetenen Gast zu begrüßen. »Guten Tag Herr …«

»Müller. Danke, dass Sie sich die Zeit nehmen. Ich verspreche, mich kurzzufassen.«

Schneider stutzte. »Von der Kriminalpolizei?«

»Ja. Ich sagte es bereits Ihrer Assistentin. Hatten Sie jemand anderen erwartet?«

Schneider fing sich. »Nein, nein. Wahrscheinlich war ich in Gedanken schon beim nächsten Termin. Wissen Sie, in meiner Position ist man ziemlich durchgetaktet.« Er lächelte süffisant. »Anders als in der Schwarzwaldklinik.«

»Ich verstehe. Wie gesagt, es geht um die Untersuchung eines Todesfalles, bei dem wir den medizinischen Hintergrund durchleuchten.«

»Ein Kindstod? Wie Sie wissen, sind wir auf Geburten und Kinder spezialisiert.«

»Nein. Ein junger Erwachsener. Aber dennoch. Ist Ihnen ein Chrispian Wagner bekannt?«

»Nicht auf Anhieb. Da müsste ich nachsehen lassen. Suchen Sie etwas Bestimmtes, für das die ärztliche Schweigepflicht aufgehoben werden müsste?«

»Ich hoffe nein. Aber das können Sie besser entscheiden als ich. Wie ich schon sagte, es geht erst einmal um die Beschaffung von Informationen, für die idealerweise keine Formalitäten notwendig wären.«

»Ah, verstehe.« Schneider ging zum Schreibtisch und

betätigte einen Knopf auf der Sprechanlage. »Frau Mittlich? Kommen Sie bitte zu uns?«

Eine Minute später stand die Assistentin im Büro.

»Können Sie bitte in unserem Datenbestand nach einem Chrispian Wagner suchen?« Zu Müller gewandt. »Wie alt ist der Tote?«

»Vierundzwanzig.«

Schneider überlegte kurz. »Also vor etwa siebzehn Jahren. Was meinen Sie?«, fragte er die Assistentin.

»Ich sehe nach und lege es auf Ihren Arbeitsplatz. Wie war bitte noch der Vorname?«

»Chrispian«, half Schneider aus.

»Der ist ungewöhnlich. Sollte schnell zu finden sein.« Sie verließ das Büro.

Schneider ging um den Schreibtisch herum und setzte sich auf seinen eleganten Ledersessel. »Nehmen Sie doch bitte Platz.«

Das Gestühl auf der anderen Seite sah deutlich weniger bequem aus.

Schneider lächelte. »Keine Angst, der beißt nicht. Es ist eine ergonomische Sitzgelegenheit. Für mich pflege ich das Klischee des Klinikchefs. Aber seien Sie sicher: Was die Geräte und Methoden angeht, sind wir Weltspitze. Ah, da ist es ja.«

Müller wollte aufstehen, aber Schneider winkte ab.

»Nicht nötig. Sie haben Glück. Ja. Chrispian Wagner ist zu den Regeluntersuchungen hier gewesen. Ich nehme an, Sie haben einen Arztkollegen, der Ihnen das Kauderwelsch übersetzt?«

»Ja, sicher.«

»Prima. Ich drucke Ihnen die Informationen aus. Da ist aus meiner Sicht nichts dabei, wofür wir einen Papierkrieg anfangen müssten.« Er bestätigte den Druckauftrag. »Jetzt,

wo ich die Daten sehe, erinnere ich mich. Ich habe Chrispian selbst ein- oder zweimal untersucht. Ein hochintelligentes Kind. Schade zu hören, dass er schon so jung verstorben ist.«
»Können Sie sich an irgendetwas Besonderes erinnern?« Schneider schüttelte den Kopf.»Leider nein. Sehen Sie, die meisten der Kinder in diesem Hospital sind auf die eine oder andere Weise besonders.« Er stand auf, holte den Ausdruck und wartete, bis Müller aufgestanden war.

Er drückte ihm den Papierstapel in die Hand.»Ich hoffe, es hilft Ihnen weiter. Bitte halten Sie mich nicht für unhöflich, aber der nächste Termin wartet schon.«

»Natürlich. Vielen Dank erst einmal.«

* * *

Bevor Müller in seinen Wagen stieg, ließ er noch einen langen Blick über das Areal gleiten.

Das Haupthaus der Klinik lag ein wenig unterhalb der Kuppe des Berges. Eine lange Auffahrt durch eine gepflegte Parkanlage, die direkt nach der Sicherheitsschleuse begann, sorgte schon bei der Anfahrt für Entspannung. Nach dem Aussteigen bot sich ein atemberaubender Blick auf den im Tal liegenden See. Die Sonne schien, vor dem Gebäude tummelten sich um die zwanzig Paare, junge Frauen mit oft deutlich älteren Begleitern. Oder umgekehrt. Viele schoben einen Kinderwagen vor sich her, überraschend viele mit zwei Säuglingen. Die meisten anderen Frauen waren in der letzten Phase der Schwangerschaft. Müller hatte noch nie in seinem Leben so viele glückliche Gesichter an einem Ort gesehen. Und keinen Parkplatz, auf dem, abgesehen von seinem eigenen Auto, ein S-Klasse-Mercedes wie ein Drittwagen wirkte. Linker Hand lag ein durch einen hohen Sicherheitszaun von der Umgebung abgegrenztes Areal. Der

Zaun war mit Kameras gespickt. Im Zentrum befand sich ein Gebäude, welches fast so groß wie der Hospitalbau war und den Charme eines Zweitweltkriegsbunkers hatte.

Müller machte sich ein paar Notizen, bevor er einstieg und wegfuhr.

* * *

Schneider griff zum Telefon. Dann legte er es wieder auf die Gabel, zog ein kleines Notizbuch aus der Hosentasche und blätterte darin. Nickte, griff erneut zum Hörer und wählte. »Vera? Ich bin es, Alfons. Alfons Schneider. Bei mir war gerade ein Polizist, der mich darüber informiert hat, dass Chrispian gestorben ist.« Er zuckte zusammen. »Was? Bei dir auch? Wonach hat er gefragt?« Nach ein paar Minuten nickte Schneider. »Gut. Nein, bleib auf jeden Fall bei der Wahrheit, aber erzähle nichts, wonach du nicht gefragt wirst. … Ja. Wir sollten etwas unternehmen. Genauer gesagt: du. Können wir uns treffen? Ich erkläre dir, was zu tun ist.«

Störfeuer

Leonie knöpfte ihren Laborkittel zu und zog sich die Gummihandschuhe über. Dann griff sie entschlossen nach dem Schlüssel, der auf dem Materialschränkchen neben der Akte lag.

»So! Jetzt wollen wir mal sehen, was mir beim letzten Mal entgangen ist.«

Sie ging in den Nebenraum, wo sich die Kühlfächer für die Toten befanden, und entriegelte das Fach, in das sie Chrispian geschoben hatte.

Es war leer.

Leonie brauchte ein paar Sekunden, um zu verstehen. Dann klappte sie das Fach zu, verschloss es wieder und ging zurück in den Autopsieraum. Sie schlug die Akte auf und starrte das oben liegende Blatt Papier ungläubig an.

* * *

Leonie bremste im letzten Moment den Schwung, mit dem sie die Akte auf den Schreibtisch ihres Chefs knallen wollte, und legte sie sanft ab. »Was soll das? Seit wann ist es üblich, das Objekt einer laufenden Untersuchung zur Verbrennung freizugeben?«

»Von welcher laufenden Untersuchung sprechen Sie?«

»Chrispian Wagner?«

Der Chef nahm sich die Akte und blätterte ein paar Seiten weiter. »Ist das von Ihnen?«

Leonie biss die Zähne zusammen und holte tief Luft. »Ja.«

»Keine unnatürliche Todesursache gefunden, wenn ich das richtig lese.«

»Ja. Aber ...«

»Der Fall wurde, obwohl kein Fremdverschulden gefunden wurde, von Ihnen, Mops und Müller regelgerecht bearbeitet. Mit meiner Zustimmung. Bis heute gibt es keine greifbaren Ergebnisse, die ein Verbrechen vermuten lassen.«

»Das ist richtig.«

»Gestern am späten Nachmittag ist bei mir ein Anwalt vorstellig geworden, der die Herausgabe des Leichnams zur Bestattung gefordert hat. Er hat außerdem ein Dokument der vorgesetzten Dienststelle vorgelegt, das diese Forderung unterstützt.«

»Interessant. Nicht wahr? Das ist sehr ungewöhnlich.«

»Allerdings. Deshalb möchte ich, dass Sie dort noch ein paar Tage investieren.«

»Aber der Leichnam?«

»Ich habe volles Vertrauen in Ihre Professionalität. Das wäre es dann für jetzt.« Er klappte die Akte zu und reichte sie Leonie.

Leonie nahm sie entgegen. »Danke. Verstanden. Hoffentlich hatten die Kollegen gestern mehr Erfolg.«

Der Chef nickte. »Noch etwas.«

»Ja?«

»Informieren Sie mich nur, wenn Sie belastbare Ergebnisse haben oder dringend Hilfe benötigen. Keine Zwischenstände. Ich bin angewiesen worden, alle mir bekannten Ergebnisse umgehend weiterzumelden.«

»Verstanden.«

* * *

Mops legte die Akte zurück auf seinen Schreibtisch. »Chrispians Adoptivmutter hat, als ich sie gestern aufsuchte, keinerlei besonderes Interesse gezeigt. Und nun beauftragt sie – in einem Anfall von Pietät – einen ziemlich teuren Rechtsanwalt, um den Toten so schnell wie möglich von der Bildfläche verschwinden zu lassen.«

Chrispian nickte und sagte sonst nichts.

Müller legte die Ausdrucke auf die Akte. »Das, was da drin steht, verstehe ich sogar als Nicht-Mediziner. Ein gesundes Kind. Das war's.«

»Die Informationen des Internats sind heute Morgen eingetroffen. Man war sehr hilfsbereit. Abgesehen von der außergewöhnlichen Begabung nichts Besonderes. Keinerlei Auffälligkeiten. Er war ein beliebter Mitschüler, der die Ferien damit verbracht hat, um zu lernen oder Studienreisen zu unternehmen. Seine Stiefmutter hat sich nur fernmündlich und schriftlich informieren lassen. Sie hat ihn so gut wie nie besucht, was Chrispian aber nicht besonders getroffen zu haben schien. Er war voll integriert und hatte nie Probleme, Anschluss zu finden.« Mops grinste. »In einem informellen Schreiben wird noch erwähnt, dass er wohl diverse Herzen gebrochen hat. Mein Eindruck ist, dass sich das nicht nur auf die Mitschüler bezog.«

»Als Kind und Jugendlicher?«, fragte Leonie skeptisch.

»Chrispian hat bis zu seinem zwanzigsten Lebensjahr im Internat gewohnt. Der Campus, an dem er seine ersten Studien beendet hat, liegt nicht weit vom Internat. Er hatte eine Sondergenehmigung, und das Internat war als Vormund eingesetzt.«

»Haben die auch mitgeteilt, wie viel sie über die Zeit mit diesem Service verdient haben?«, wollte Müller wissen.

»Dass Sie immer gleich ans Geld denken.« Mops schüttelte den Kopf. »Nein. Wie erwartet. Nur, wer die Rechnungen bezahlt hat. Es war nicht Vera Wagner. Sondern die Stiftung. Die, die auch sein jetziges Stipendium bezahlte.«

Leonie runzelte die Stirn. »Für mich sieht das nicht nach Förderung aus. Sondern nach langfristiger Investition. Nur: In was?«

»Was hat er eigentlich als Erstes studiert?«, fragte Müller.

Mops blätterte in seinen Unterlagen. »Molekularbiologie und Maschinenbau.«

»Gleichzeitig?«

»Sieht so aus.«

»Mir läuft gerade ein eiskalter Schauer den Rücken herunter«, sagte Leonie.

»Ich kann die Klimaanlage etwas höher drehen. Allerdings schwitze ich schon jetzt«, bot Mops an.

»Nicht nötig.« Leonie wandte sich an Müller. »Welchen Eindruck hat dieser Schneider auf Sie gemacht?«

»Ruhig. Überlegt. Überlegen. Jemand, der alles im Griff hat. Als ich mich vorgestellt habe, ist er kurz aus dem Tritt gekommen. Schien jemand anderen erwartet zu haben. Und er schien diesen Chrispian besser zu kennen, als er offen zugegeben hat. Das ist aber nur eine Vermutung.«

»Meinen Sie, dass er irgendwo gelogen hat?«, fragte Mops.

»Nein. Ganz sicher nicht. Aber er hat nichts beantwortet, wonach ich nicht gefragt habe.«

»Von einer Langzeitstudie hat er also nichts erzählt?«, hakte Mops nach.

»Nein. Welche Langzeitstudie?«

»Vera Wagner hat da etwas angedeutet. Schneider hat sie dafür bezahlt, dass sie Chrispian adoptiert und bis zum Schulalter betreut. Außerdem scheint sie früher an diesem Hospital gearbeitet zu haben. Ich lasse das nachprüfen.« Mops kratzte sich am Kopf. »Ich glaube, ich werde dieser Vera noch einen Besuch abstatten.«

Für Mops verschwamm die Bürotür für einen Moment, als Vera Wagners Geist hindurchtrat.
Sie sah Mops traurig an. »Zu spät.«

* * *

Den restlichen Vormittag verbrachten Mops und Müller mit Recherche, und Leonie ging noch einmal ihre eigenen Berichte durch. Als sie sich am späteren Nachmittag trafen, war die allgemeine Stimmung nicht gerade optimistisch.

»Überraschung«, begann Mops. »Vera Wagner ist an Herzversagen gestorben. Allerdings ist die Ursache für das Herzversagen unbekannt. Sie war allein in ihrem Haus und niemand hat gesehen, dass sie nach mir noch weiteren Besuch bekommen hätte. Was aber nichts heißt. Ihre Siedlung ist ausgesprochen ruhig. Falls sie sich woanders mit irgendwem getroffen haben sollte, werden wir das wohl nicht herausbekommen können. Kommissar Zufall ist gerade in Urlaub.« Er wiegte den Kopf hin und her. »Immerhin hat mir ein Kollege zugesagt, dass wir ihr Haus in Augenschein nehmen dürfen wegen des möglichen Zusammenhanges mit dem anderen Todesfall.«

Müllers Informationen halfen ebenfalls kaum weiter. »Ich habe diesen Schneider unter die Lupe genommen. Bekannt und berühmt ist er. Verschiedene bahnbrechende Entdeckungen auf dem Gebiet der Empfängnisermöglichung. Allerdings: Wenn man mehr erfahren will, als in der Zeitung steht, muss man zu seinem Freundeskreis gehören. Schneider ist so was von einem unbeschriebenen Blatt, dass es schon verdächtig ist. Seit mindestens 25 Jahren schirmt er sein Privatleben komplett von der Öffentlichkeit ab. Wenn es sein muss, auch mit juristischer Unterstützung.«

»Irgendwie nachvollziehbar, wenn jemand so berühmt

und durchaus nicht unumstritten ist, oder?«, fragte Leonie. »Künstliche Befruchtung ist nun mal ein hochpolitisches Thema bei uns.«

»Bei mir nicht«, gab Müller zurück.

Leonie lachte auf. »Entschuldigung.«

»Schon gut. Ich nehme das nicht persönlich.«

»War auch nicht so gemeint. Aber wir sitzen hier zusammen und besprechen einen möglichen Mord, und das aktuelle Thema ist … das finde ich schon ironisch.« Sie legte einen Umschlag auf den Tisch. »Das hier ist genauso verwirrend. Das sind die Ergebnisse der Analysen, die ich beauftragt habe.« Sie suchte nach den richtigen Worten. »Es gibt bei Chrispian keinerlei Hinweis auf gefährliche Bakterien oder Viren. Aber es gibt auffällige Übereinstimmungen zwischen seinen genetischen Daten und denen von Angelina Weiß.«

»Wie meinst du das?«, wollte Mops wissen. »Haben sie denselben Vater oder dieselbe Mutter?«

Leonie hielt beide Handflächen ratlos nach oben. »Ich bin da kein Spezialist und habe deshalb die Frage an das Labor weitergereicht. Die Antwort ist wenig hilfreich. Sie lautete nämlich: Wir wissen es nicht.«

»Ich dachte, das ließe sich eindeutig feststellen«, meinte Müller.

»Nein. Es lässt sich nur eindeutig feststellen, wenn zum Beispiel keine Vaterschaft vorliegt. So wie ich den Kollegen verstanden habe, sind Angelina und Chrispian keine Geschwister. Sie haben aber signifikant höhere Übereinstimmung in den Genen, als es bei nicht verwandten Personen üblich ist. Es reicht weder für eine gemeinsame Mutter noch für einen gemeinsamen Vater.«

»Wissen wir, wo Angelina geboren wurde?«, fragte Müller.

Mops sah in seine Unterlagen. Runzelte die Stirn. »Ja«, gab er schließlich bekannt. »Im St. Stylian Hospital.«

* * *

Mops hatte sich in das Schärfen seiner Sense vertieft. In
der Küche war neben dem Summen des Kühlschrankes nur
das leise Geräusch zu hören, wenn der Schleifstein über
die Klinge glitt. Eine Scharte, die vom letzten Fall übrig
geblieben war, sorgte für ein sanftes ›Klick‹.

»Hast du schon darüber nachgedacht, die Stelle zu den-
geln?«

Mops sah von seiner Tätigkeit auf. »Sicher. Allerdings
habe ich keinen Schimmer, wo ich einen passenden Hammer
und Amboss dafür herbekommen sollte.«

Chrispian lächelte. »Ja, das ist tatsächlich ein Problem.«

»Das letzte Werkzeug, mit dem ich es versucht habe, wurde
von der Sense so glatt durchtrennt, dass ich mich in den
Schnittflächen spiegeln konnte. Diese Sense schneidet alles,
was ich kenne. Es würde mich interessieren, ob sein Vorbesit-
zer sie verkauft hat, weil sie ihm unheimlich war. Oder weil
er sie nicht mehr gebraucht hat. Oder ob er sie verlor. Wie
sie in den Trödelladen gekommen ist, wo ich sie gefunden
habe. Reine Polizistenneugier.«

»Ich könnte bei Wieland nachfragen, ob er einen Termin
frei hat, um die Scharte auszuwetzen«, bot Vera an.

»Gutes Angebot. Aber das setzt voraus, dass ihr euch auf
den Weg machen könnt.«

Chrispian nickte. »Wir haben volles Vertrauen in dich.«

Mops seufzte. »Ehrlich gesagt, im Moment sieht es ziemlich schlecht aus. Ich habe keine Ahnung, warum jemand
euch umgebracht haben sollte. Darüber hinaus gibt es keinen
Hinweis, dass überhaupt ein Mord passiert ist. Einmal abgesehen von der überstürzten Einäscherung Chrispians und
dem fast gleichzeitigen Tod der Adoptivmutter. Erschwerend
für mich kommt hinzu, dass euer medizinisches Umfeld sol-

che Todesfälle eigentlich eher ausschließen als begünstigen sollte.«

Vera lächelte. »Das sind die offensichtlichen Folgerungen.«

»Genau. Aber das, was ich für meinen gesunden Menschenverstand halte, plus meiner Erfahrung, sagen mir, dass etwas, was so offensichtlich richtig erscheint, in den meisten Fällen alles andere als das ist.« Mops legte den Schleifstein auf den Küchentisch und klappte die Sensenklinge in den Stiel. »Deshalb werde ich mich da weiter reinhängen.«

An der Tür klingelte es.

Mops stand auf und lehnte die Sense neben den Kühlschrank. Er räusperte sich vernehmlich und ging zur Haustür.

»Ja, wir sind schon weg«, sagte Chrispian. »Grüße Leonie von mir.« Er zwinkerte Mops zu. »Das mit der Sense hätte ich genutzt, um die Frauen aufzureißen.«

Mops betätigte den Türöffner und rieb sich die linke Wange. »Erinnere mich nicht daran. Das hat sie zuerst komplett in den falschen Hals bekommen.«

Vera lachte schallend. »Kann ich mir gut vorstellen. Ich würde dir gern meine Sense zeigen.« Sie schnappte nach Luft. »Die ist echt scharf ...«

Sie verschwand zusammen mit Chrispian.

Mops öffnete die Tür.

Leonie trat ein, schloss die Tür und umarmte Mops herzlich.

Mops erwiderte die Umarmung. »Hallo. Ich freue mich.«

Leonie legte Mantel und Schuhe ab und schlüpfte in ihre Hausschuhe. Sie lächelte Mops an. »Kann ich mir denken.«

Mops erwiderte das Lächeln und sagte nichts.

»Sag nichts«, warnte Leonie.

»Tu ich doch. Ich soll dich von Chrispian grüßen.«

Leonies Miene verdüsterte sich. »Das ist nicht nett.«

»Entschuldige. Ich wollte nicht nett sein, sondern nur eine Botschaft überbringen.«

»Findest du nicht, dass du dich wieder einmal etwas zu stark für deine Fälle engagierst?«

»Nein. Außerdem hast du damit angefangen. Willst du jetzt aussteigen?«

Leonie schüttelte den Kopf. »Nein. Denn das, was ich als Ergebnisse geliefert bekommen habe, ist gegen alle Wahrscheinlichkeit. Genau wie der Tod von Chrispian.«

»Und das heißt?«

»Wenn sich etwas nicht an die Regeln der Mathematik zu halten scheint, dann bedeutet das, dass wir bisher etwas übersehen haben. Einmal vorausgesetzt, wir haben es nicht mit Wesenheiten zu tun, die die Gesetze der Mathematik nach ihren eigenen Vorstellungen gestalten können und es auch tun.«

»Du redest von Geistern?«

»Nein. Von Göttern.«

»Gut. Dann machen wir also ganz klassisch weiter?«

Leonie zögerte. »Ja. Aber vielleicht müssen wir unseren Horizont erweitern?«

»Ins Esoterische? Mir sind die Globuli ausgegangen.«

Leonie zog Mops sanft zu sich heran. »Nein. Wir müssen die Informationen, die wir haben, weiter denken. Wissenschaftlich.«

»Ich bin Polizist. Die sind etwas einfacher gestrickt.«

Leonie kniff das rechte Auge zu und sah Mops schräg an. »Seit wann? Ist mir komplett entgangen.«

»Abendessen? Und danach etwas Kopfarbeit?«

»Was ist mit der Sense? Du wolltest mir den Trick mit dem Griff noch erklären.«

Mops schüttelte den Kopf und verkniff sich zu lachen. »Ich habe wirklich nicht ...«

»Was?«

»… daran gedacht. Entschuldige. Ja. Sicher. Versprochen ist versprochen.«

»Warum habe ich gerade das Gefühl, dass du zweigleisig denkst?«

Mops fasste Leonie um die Hüfte und zog sie sanft in Richtung Küche. »Weil es gerade so ist. Also: Essen, Denken, Sense. Einverstanden?«

»Einverstanden. Und dann?«

Mops machte ein unschuldiges Gesicht. »Stellwerk?«

* * *

»Mops?«

»Mmmh?«

»Bist du wach?«

»Nein.«

»Und wenn ich Kaffee mache?«

»Seit wann bist du die Klischeefrau?«

Leonie lächelte. »Seit ich weiß, dass ich so deine Aufmerksamkeit bekomme.«

»Die hast du immer. Ich träume sogar von dir. Ganz tolle Sachen.«

Leonie gab Mops einen kräftigen Schubs.

»Was? Soll ich vielleicht von jemand anderem träumen?« Er drehte sich zu ihr. »Also, was willst du?«

»Mir ist da so ein Gedanke gekommen. Dieser Schneider. Der ist doch in Wahrheit alles andere als hilfsbereit. So mein Eindruck.«

»Das mag an Müller gelegen haben. Außerdem hat er alles bekommen, wonach er verlangt hat. Ohne Formalitäten.«

»Ich mag Müller. Er ist so schön gradlinig und auf eine sympathische Art und Weise fantasielos.«

»Ich könnte mir keinen besseren Mitarbeiter vorstellen. Was ist mit Schneider?«

»Nun ja. Er ist der Held vieler Ehepaare oder Partnerschaften, die sich ein Kind wünschen und aus verschiedenen Gründen auf natürliche Weise keines bekommen könnten.«

»Das ist allgemein bekannt. Er ist enorm erfolgreich. Und enorm einflussreich.«

»Darüber hinaus ist er eine Koryphäe auf dem Gebiet der Genetik. Ich komme mit den Ergebnissen des Labors nicht klar. Da waren gute Leute an der Arbeit. Aber nicht gut genug für diesen Fall.«

»Du willst Schneider als Experten hinzuziehen?«

»Das würde jedes Budget sprengen. Aber vielleicht können wir ja zwei Fliegen mit einer Klappe schlagen. Schneider kannte beide Toten. Darüber hinaus hat er seine Hand im Spiel gehabt, was Chrispians Förderung angeht. Vielleicht auch mehr. Ich könnte mir vorstellen, dass er Zusammenhänge sieht, auf die wir nicht kommen. Als informelle Gegenleistung bekäme er, falls er uns den Gefallen tut, auf diese Weise Einblick in den Stand unserer Ermittlungen.«

»Du meinst, es könnte ihn in Sicherheit wiegen, wenn er sieht, dass wir vollkommen im Dunkeln tappen?«

»Ja. Außerdem: Warum sollte er uns zu einem Thema, das eher akademisch ist, die Unwahrheit sagen? Und falls doch, dann hätten wir einen Anhaltspunkt.«

»Ich weiß nicht so recht. Deine Idee klingt ziemlich gut, aber wir haben die WG-Bewohner immer noch als mögliche Zeugen eines möglichen Mordes. Vielleicht haben wir bisher nur nicht die richtigen Fragen gestellt.« Mops räkelte sich. »Deine Idee hat etwas, aber zuerst möchte ich diesen Schneider einmal sehen. Ohne selbst gesehen zu werden. Wir fahren zu Veras Beerdigung. Bin gespannt, ob Schneider kommt.«

Der kleine Friedhof war genauso wie das Haus, in dem Mops Vera aufgesucht hatte. Elegant, unauffällig, teuer. Eine Handvoll Menschen hatten sich in der barocken Kapelle eingefunden. Nachbarn, Schneider und ein paar Leute, die den Eindruck machten, dass sie zu Schneider gehörten. Der Pfarrer hatte außer den für den Anlass üblichen Floskeln erstaunlich wenig über Vera zu sagen.

Nach der Trauerfeier fing Müller die Teilnehmer am Eingang des Friedhofes ab und bat sie um die Personalien.

Schneider reagierte ungehalten. »Hätte das nicht noch etwas Zeit gehabt?«

Müller blieb unbewegt. »Egal wann wir unsere Arbeit machen, für die Betroffenen kommen wir immer ungelegen. Aber da wir gerade miteinander reden: Wie gut kannten Sie Vera? Über die Geschäftsbeziehung mit dem Kind hinaus?«

»Wollen Sie etwas andeuten?«

»Auf keinen Fall. Ich wollte lediglich etwas wissen. Was ich natürlich nachprüfen werde.«

Schneider verzog das Gesicht. »Also gut. Vera war, bis zu dem bedauerlichen Vorfall, eine meiner Mitarbeiterinnen. Über die berufliche hinaus gab es aber keinerlei tiefere persönliche Beziehung.«

»Welchen Vorfall meinen Sie?«

»Darüber redet man als Mediziner nicht gern. Sie hat einen Fehler gemacht, der den Tod von Patienten verursacht hat. Wir sind alle Menschen, aber in diesem Umfeld gibt es eine erhöhte Sensibilität. Sowohl der Klienten als auch der Presse. Dann ergab sich eine Gelegenheit, bei der ich ihr helfen konnte. Sie hat mein Angebot angenommen. Und ich glaube, dass sie diese Aufgabe gern übernommen hat.

Für mich wurde heute eine geschätzte Mitarbeiterin und Kollegin zu Grabe getragen. Nicht mehr, aber auch nicht weniger. Wenn Sie mich nun entschuldigen würden?«

»Natürlich. Vielen Dank. Möglicherweise benötigen wir noch ihre Unterstützung bezüglich einiger medizinischer Aspekte, Chrispian betreffend.«

»Ich habe Ihnen alle Unterlagen gegeben, nach denen Sie gefragt haben.«

»Sicher. Wir gleichen diese natürlich mit anderen ab, die sich vielleicht nicht in Ihrem Besitz befinden. Sie könnten uns dabei unterstützen, ein rundes Bild zu schaffen. Gewissermaßen als letzten Dienst für Chrispian und Vera.«

»Meinetwegen. Aber meine Zeit ist knapp. Lassen Sie sich einen Termin geben.«

»Werde ich machen. Nochmals vielen Dank.«

Pläne

Schneider sah vom Schreibtisch auf, als Leonie sein Büro betrat. Sein Blick taxierte sie von oben bis unten.

Leonie lächelte verbindlich. »Ein Meter siebzig, fünfundfünfzig Kilogramm, Blutgruppe Null, Rhesus positiv.«

Als die Assistentin die Tür geschlossen hatte, stand Schneider auf, kam zu Leonie und reichte ihr die Hand. Mit einer angedeuteten Verbeugung.

»Und etwa dreißig Jahre alt«, ergänzte er. »Wie ich sehe, stehen Sie nicht auf plumpe Komplimente. Trotzdem: Ich bin zwar fast siebzig, aber noch lange nicht tot.«

»Ich hätte Sie jünger eingeschätzt.«

»Neunundsechzig?«

»Eher fünfundfünfzig.«

»Danke. Ehrlich gesagt, ich hätte mir eine Kriminalmedizinerin ein wenig anders vorgestellt. Älter. Verhärmt.«

»In der Autopsie bleibt man länger frisch.«

Schneider lachte. »Wenn Sie es sagen. Was kann ich für Sie tun?« Er deutete auf die Leuchtwand und den dabeistehenden Tisch.

Leonie packte ihre Unterlagen aus und hängte ein Foto des toten Chrispian an die Leuchtwand. »Ich weiß, dass ein Bild nicht so aussagefähig ist, als wenn man direkt davor steht, aber der Tote machte nicht den Eindruck, tot zu sein. Entschuldigen Sie die unprofessionelle Ausdrucksweise. Ich kann es nicht besser beschreiben.«

Schneider sah sich das Foto für einige Minuten an, bevor

er antwortete. »Ja. Schade. Ich verstehe, was Sie meinen. Ohne die Umgebung könnte man es für ein künstlerisches Aktfoto halten.«

Leonie nickte. »Da Sie den Verstorbenen als Kind kannten, und da Sie sich sehr gut damit auskennen, habe ich eine genetische Analyse mitgebracht. Vielleicht können Sie mir weiterhelfen.«

»Wieso haben Sie nicht ihre eigenen Spezialisten gefragt?«

»Das habe ich. Aber außer der Information, dass irgendetwas ungewöhnlich ist, habe ich nicht viel Brauchbares bekommen. Sie sind einer der gefragtesten Spezialisten auf dem Gebiet. Vielleicht sehen Sie mehr? Den Versuch ist es wert, und da Sie sich einverstanden erklärt haben ...«

»In Ordnung. Zeigen Sie mal, was Sie haben.«

Leonie legte einige Blätter auf den Tisch und setzte sich. Schneider setzte sich links neben sie und nahm das erste Blatt in die Hand. Nach kurzer Zeit nickte er. »Ja. Sehen Sie, hier. Bei dieser Kombination wird vermutet, dass sie Körperkraft und Ausdauer beeinflusst. Bitte halten Sie fest: vermutet. Für eine relevante Aussage bedarf es einer größeren Anzahl von Menschen mit gleichen Merkmalen. Leider ist diese Sequenz ziemlich selten.«

»Aha. Ich notiere mir die allgemeine Information und die Stelle. Mit den Details bin ich überfordert.«

Schneider lächelte überlegen. »Wie etwa fünfundneunzig Prozent meiner Fachkollegen. Sie sind also in guter Gesellschaft. Und das hier ...«, er zeigte auf einen anderen Abschnitt, »... weist auf hohe Resilienz hin. Wie Sie aus meinen Unterlagen ersehen haben, war Chrispian nie ernsthaft krank. Zumindest nicht als Kind.«

»Er scheint seither nie mehr einen Arzt aufgesucht zu haben.«

»Dachte ich mir.« Er nahm das nächste Blatt. Stutzte. Runzelte ablehnend die Stirn. »Und hier scheint die Praktikantin an Chrispians Material ohne Handschuhe drangewesen zu sein. Die Probe war verunreinigt.«

Leonie seufzte. »Schade.«

»Ist nur eine Kleinigkeit. Ich kann mir gut vorstellen, dass das Labor es nicht gemerkt hat. Aber wenn man wie ich seit vierzig Jahren DNA-Analysen macht, entwickelt man einen sechsten Sinn dafür. Glauben Sie mir, meine Mitarbeiter fürchten mich wie der Teufel das Weihwasser, wenn ich Gen-Analysen verlange.«

»Ich schließe daraus, dass das häufig bei Ihnen vorkommt.«

»Sicher. Das große Kunststück bei der künstlichen Befruchtung ist es, das passende Material zu finden, damit in der Empfängerin wirklich ein Mensch entsteht. Man kann es mit Ausprobieren versuchen. Wir sind in St. Stylian schon einen großen Schritt weiter. Meine Erfolgsrate für gesunde Geburten liegt deutlich über dem Welt-Durchschnitt.« Er lächelte Leonie schräg an. »Böse Zungen behaupten, wir würden das nicht im Reagenzglas tun, sondern hätten eine Auswahl passender Männer im Katalog.«

»Das hieße dann aber juristisch betrachtet Vergewaltigung«, gab Leonie sachlich zurück.

»Richtig. Wir beschränken uns ausschließlich auf das notwendige Material. Es gab und es gibt keine Lebend-Versuche bei uns, und wir vermitteln auch keine zweckgebundenen temporären Partnerschaften.«

»Ist bestimmt nichts, was die Krankenkasse zahlt, nehme ich an.«

Schneider nickte. »Nein. Auf der anderen Seite bewegen wir uns, das will ich nicht verschweigen, manchmal in einer Grauzone.«

»Wie meinen Sie das?«

»Es gibt Fälle, da können Paare keine gemeinsamen Kinder

bekommen, sind geeignet als Eltern und wollen ein Kind ›von Anfang an‹. Zum Beispiel gleichgeschlechtliche männliche Partnerschaften, um den einfachsten Fall zu beschreiben.«

»Sie sprechen von Leihmutterschaft. Beispielsweise.«

»Im Rahmen der geltenden Gesetze der jeweiligen Länder. Beispielsweise. Ich gehe davon aus, dass Sie mein Hospital dahingehend unter die Lupe nehmen oder es bereits getan haben. Solange es zur Aufklärung des Falles beiträgt, können Sie mich alles fragen. Mit Ausnahme des Hochsicherheitsbereiches. Dafür benötigen Sie einen Parlamentsbeschluss.«

»Wow!«

»Es gibt ein paar Dinge, die sind so gefährlich, dass es besser ist, dass nicht jeder weiß, wie gefährlich sie sind.«

»Verstehe. Militärischer Natur?«

»Kein Kommentar.«

»Sie nehmen für ihre Forschung auch Freiwillige? So wie Vera Wagner?«

»Vera war eine meiner Mitarbeiterinnen. An der Forschung war sie nur insoweit beteiligt, dass sie einen interessanten Waisenjungen für eine Zeit betreut hat.«

»Der aber, bis zu seinem Tode, mit Ihrer Unterstützung weiter gefördert wurde.«

»Ja. Das ist unumgänglich, wenn man valide Ergebnisse haben will.«

»Ich könnte also nicht bei Ihnen vorbeikommen und beispielsweise sagen, dass ich ein Kind eines weltbekannten Schauspielers haben wollte.«

Schneider lächelte Leonie an wie ein kleines Kind, dem er leider einen Wunsch abschlagen muss. »Da jedes Kind das Recht hat, den zu erfahren, wer der Vater ist, könnten wir uns vor Prozessen kaum retten. So etwas wäre nur gegen Hinterlegung gegenseitigen Einverständnisses und entsprechender finanzieller Sicherheiten möglich.«

»Das erklärt den interessanten Fuhrpark vor der Klinik.«
Schneider zeigte kein schlechtes Gewissen. »Natürlich.
Die Erfüllung exklusiver Wünsche setzt eben bestimmte
Voraussetzungen voraus.«

»Und wie regeln sie das – sagen wir mal – für den kleinen
Geldbeutel?«

»Ganz pragmatisch. Wir dokumentieren akribisch. Auch
aus wissenschaftlichem Interesse hinaus. Allerdings können Kinder aus Samenspenden über uns keine weiteren
Ansprüche an ihre biologischen Väter geltend machen.«

»Warum nicht?«

»Weil alle für diesen Zweck verwendeten Samenspender
bereits verstorben sind.«

Leonie hatte eine Idee. »Haben sich viele dieser Spender
in der Stiftung engagiert? Ich meine: Zu Lebzeiten?«

»Ja. Einige haben die Stiftung auch nach ihrem Tode be-
dacht. Viele der glücklichen Eltern fühlen sich verpflichtet,
unsere Arbeit zu unterstützen.«

»Akzeptieren Sie ausschließlich Sperma für den Zweck
der Schwangerschaftsunterstützung?«

»Nein. Wir sind für völlige Gleichberechtigung.«

* * *

»Warum hast du ihn nicht gefragt, ob Chrispian eine von
seinem Haus erbrachte Dienstleistung war?«

Leonie rührte in ihrem Tee. »Weil er die Frage erwartet hat.
So zumindest mein Gefühl. Ich bin kein Polizist. Sondern
Medizinerin. Diese Frage wäre über das Thema hinausge-
gangen, weswegen Schneider mir den Termin gegeben hat.«
Sie lächelte verschmitzt. »Ich denke, er hat meine Fragen
wahrheitsgemäß beantwortet. Das bringt im Moment mehr,
als ihn bei einer Lüge zu ertappen.«

»Wieso?«

»Ich habe ihm Angelinas Genanalyse untergejubelt.«

»Und?«

»Er hat sinngemäß gesagt, es sei die von Chrispian. Mit Bestandteilen weiblicher DNA verunreinigt.«

»Das ist vor Gericht kein Beweis für irgendetwas.«

»Nein. Aber ein Indiz.«

»Wofür?«

»Das Chrispian und Angelina auf irgendeine Weise miteinander verwandt sind.«

»Das hat unser Gentest doch eigentlich ausgeschlossen.«

Leonie nahm die Tasse auf und trank langsam und vorsichtig einige kleine Schlucke, bevor sie antwortete. »Nein. Es gilt als ausgeschlossen, dass sie denselben Vater haben. Und es gilt als sicher, dass sie eine größere Übereinstimmung in ihrem Erbgut haben, als es bei nicht verwandten Menschen im Allgemeinen üblich ist. Ich werde da wohl ein wenig Familienforschung betreiben müssen.«

»Das dürfte bei zwei möglicherweise künstlich erzeugten Schwangerschaften nicht zielführend sein.«

»Ich habe da eine Idee, die uns vielleicht weiterbringt. Wenn auch nicht auf der Suche danach, ob Chrispian umgebracht wurde oder nicht. Zumindest nicht direkt.«

Leonie breitete ihren Plan aus.

Mops stimmte zu. »Na gut. Nachdem ich Schneider am Friedhof gesehen habe, könnte er zumindest irgendetwas wissen. Es ist schon seltsam, dass er sich auf der einen Seite klar belästigt fühlt, uns aber auf der anderen ohne Murren für unsere Untersuchungen bereitsteht.«

»Ich glaube, dass Schneider sich uns haushoch überlegen fühlt. Er spielt mit uns. Jemand in seiner Position braucht genau einen Anruf an der richtigen Stelle, damit dieser Fall zu den Akten gelegt wird.«

»Möglicherweise haben wir etwas, was er gerne hätte. Von dem wir aber noch nicht wissen, was es ist. Schneider vergeudet sicher keine Zeit, um mit ein paar kleinen Polizisten zu spielen.«

»Aber was soll das sein?«

»Keine Ahnung. Nehmen wir einmal an, dass es ein Mord war. Und Schneider wissen will, wer ihn begangen hat. Oder Chrispian hat ihn erpresst. Trotz Stipendium. Schneider hat ihn umgebracht, aber damit sein Problem nicht beseitigt. Um nur ein paar übliche Polizistenvermutungen zu äußern.«

»Du liest zu viele schlechte Krimis.« Leonie setzte die Tasse vorsichtig ab. Sah erstaunt auf ihre Hand, die zitterte.

»Alles in Ordnung? Ich habe dich doch nicht etwa erschreckt?«

»Nein. Du nicht. Aber deine Vermutungen lassen einige Äußerungen Schneiders in einem interessanten Licht erscheinen.«

»Er scheint dich ja ziemlich beeindruckt zu haben.«

Leonie nickte missmutig. »Oh ja. Das hat er. Ich habe noch nie jemanden getroffen, der so mechanistisch über das Thema künstlich herbeigeführter Schwangerschaften gesprochen hat. So sachlich. So kalt. Ich würde diesem Mann nicht gern allein in einer dunklen Straße begegnen.«

»Hast du Angst vor ihm?«

Leonie nickte erneut. »Ja. Und Angst davor, dass ich ihn umbringen würde.«

Mops grinste schräg. »Ich habe eine Idee. Ich erzähle dir davon, wenn es funktionieren sollte.«

* * *

»Sie sind also Herr …«

»Mops.«

Die Ärztin, die ihm gegenübersaß, schien resistent gegen den gröberen Humor zu sein. »Vorname oder Nachname?«

»Nachname.«

Die Tastatur klickerte kurz. »Und Sie kommen wegen einer Samenspende?«

Mops sah sein Gegenüber offen an. »Ja. Wissen Sie, in meinem Beruf lebt man nicht ganz ungefährlich, und falls etwas passieren sollte …«

»Was machen Sie denn beruflich?«

»Ich arbeite bei der Polizei. Außendienst. Da muss man auch häufig den Verkehr regeln oder an andere Orte, wo es nicht gesund ist. Und falls meine Frau in fünf oder zehn Jahren vielleicht doch einen Nachkommen möchte …«

»Wie alt ist ihre Frau, wenn ich fragen darf?«

»Vierzig.«

»Aha.«

»Ist das so ungewöhnlich, eine ältere Frau zu haben?«

»Nein. Heutzutage nicht mehr. Allerdings ist, wie Sie sicher wissen, die Wahrscheinlichkeit einer gesunden Schwangerschaft mit zunehmendem Alter immer unwahrscheinlicher. Das liegt nicht nur am Mann.«

Mops wand sich. »Ja, schon klar. Aber sie möchte ihr Leben nun einmal ohne Verpflichtung genießen. Verstehe ich ja.« Er lächelte schräg. »Ich habe sie nicht wegen ihres Geldes geheiratet. Steht auch so im Ehevertrag. Aber sie will ihr Vermögen auch nicht nach dem Tode dem Staat überlassen. Und daher …«

Eine Spur von Mitleid glomm in den Augen der Ärztin. »… hat sie Sie vorgeschickt, um das Terrain zu sondieren.«

Mops' Haltung wurde sichtbar lockerer. »Genau.«

Die Ärztin sah einige Informationen auf ihrem Computerbildschirm durch, die Mops nicht sehen konnte. »Gut. Sie sollen also, gewissermaßen, den ersten Schritt tun.«

»Ja.«

»Der erste Schritt wäre eine Samenspende zum Zwecke der genetischen Standortbestimmung. Diese müssen Sie aus eigener Tasche bezahlen. Bei einem positiven Ergebnis würden wir Sie, wenn Sie es wünschen, in die Spender-Bank aufnehmen.«

»Aha.«

»Bei uns ist es üblich, dass Spender und Spenderinnen zustimmen, das Material für jedweden wissenschaftlichen Zweck zur Verfügung zu stellen, der nach aktueller Gesetzeslage gestattet ist.«

»Und was wäre das?«

Die Ärztin lächelte verbindlich. »Darüber kann und darf ich keine Auskunft erteilen. Lediglich für eine anonyme Spende an eine Ihnen fremde Person würden wir die explizite Genehmigung einholen.«

»Haben Sie die AGB von Facebook kopiert?«

»Nein. Wir waren zuerst da.«

Mops machte ein unglückliches Gesicht, aber dann ergab er sich in die Prozedur. »Meinetwegen. Einverstanden. Und meiner Frau stünde dann dasselbe bevor?«

»Ja. Machen Sie sich da keine Sorgen. Wir betreiben diese Dienstleistung seit Jahrzehnten erfolgreich. Ich versichere Ihnen, die einzige Unannehmlichkeit für Ihre Frau wird die übliche Unannehmlichkeit einer Schwangerschaft sein.« Sie gab ein paar weitere Dinge auf der Tastatur ein. »Ich drucke Ihnen die notwendigen Unterlagen und Vollmachten aus.«

»Wieso schicken Sie mir nicht alles per E-Mail?«

»Aus Datenschutzgründen. Die Unterlagen werden bei uns mikroverfilmt und archiviert. Sowie alles Weitere, was ab jetzt zwischen dem Hospital, Ihnen und Ihrer Frau geschieht. In den nächsten Tagen erhalten Sie einen Katalog unserer Leistungen sowie Terminvorschläge.«

»Terminvorschläge? Wofür?«

Die Ärztin lächelte spöttisch. »Raten Sie mal.«

* * *

»Das ist ja süß.« Mops hielt Leonie den Brief hin, den er vom St. Stylian Hospital bekommen hatte.

Leonie nahm ihn misstrauisch entgegen. »Hm. Büttenpapier. Golddruck. Sehr dezent, ich bin fast sicher, dass hier Blattgold verwendet wurde. Und Platin. Nobel, nobel.«

»Platin läuft nicht an«, lästerte Chrispian.

»Mach auf, bitte.«

»Aber der Brief ist doch für dich.«

»Na und?«

Leonie besorgte sich ein Messer und öffnete vorsichtig den Umschlag. »Eine Einladung zum Halbjahrestreffen der Stiftung. Wie bist du da denn drangekommen?«

»Ich habe mich als potentieller Samenspender gemeldet.«

Leonie hätte den Brief beinahe zerknüllt. »What?«

»Ich wollte mehr über die internen Prozesse in diesem Laden erfahren. Was dachtest du denn?«

»Das willst. Du. Nicht. Wirklich. Wissen.«

Chrispian feixte. »Oooh, eifersüchtig?«

»Halt die Klappe«, flüsterte Mops.

»Bitte?«, Leonies Blick war kaum weniger schneidend als Mops' Sense.

»Nichts. Ich parliere gerade mal wieder mit einigen nervigen Geistern.«

»Bestell ihnen einen schönen Gruß, und ich möchte jetzt gerne mit dir alleine sein.«

Chrispian verließ die Szene, nicht ohne Leonie einen Kussmund zuzuwerfen.

Leonie wartete, bis sie die volle Aufmerksamkeit von Mops hatte. »Und? Was hast du herausbekommen?«

Mops ließ sich in den Sessel fallen. »Erstaunlich wenig. Nur, dass dort sehr genau gearbeitet wird. Und dass die Mitarbeiter zumindest zu ihren Neukunden dasselbe Verhältnis haben wie zu Insekten im Biologieunterricht.«

Leonie lächelte schräg. »Das ist nun mal so. Wenn ich an jedem Detail meiner Klienten persönliches Interesse hätte …«

»Deine Klienten sind tot.«

»Wo ist da der Unterschied? Anfassen, abtasten, Diagnose.«

»Das kling ziemlich herzlos.«

»Ok. Bei den lebenden Klienten auch gut zuhören. Sie ernstnehmen. Wurdest du ernstgenommen?«

»Ja. Ich denke schon. Trotzdem hat mich manches eher an ein Bordell erinnert.«

»Schwere Vorhänge? Champagner? Ich meine: Wenn die solche Briefe verschicken …«

»Eher der Umgang. Sagen wir mal: sehr professionell.«

»Das ist das, was ich dir gerade versucht habe zu erklären. Hast du dich eventuell in deiner Männlichkeit nicht genug wertgeschätzt gefühlt?«

»So muss es wohl gewesen sein.«

»So kenne ich dich gar nicht.«

»Die Situation war schon irgendwie peinlich. Ich möchte mir nicht vorstellen, wie man sich als Frau dabei fühlt.«

»Und sonst?«

»Was sonst?«

Leonies Gesicht erschien zu klein für das hämische Lächeln. »Ich bin Ärztin. Und deine Freundin. Und derzeitige Geliebte. Was willst du mir verheimlichen, was ich über deinen Körper nicht weiß?«

»Ich muss da nochmal hin. Wegen der Spermaprobe.«

Leonie ließ sich auf Mops fallen und umarmte ihn. Sie kicherte leise. »Keine Angst, du schaffst das«, flüsterte sie ihm ins Ohr.

»Und was ist mit den persönlichen Daten?«

»Das solltest du dir überlegen. Kennen die dich schon als Inspektor?«

»Nein. Ich habe geschummelt. Und dich älter gemacht, als du bist.«

»A-ha.«

»Wenn ich da mit dir auftauche, dann weiß Schneider, was Sache ist. Ich denke, ich werde für dich freundlich absagen. Wir werden Schneider auch so noch häufiger zu sehen bekommen.«

»Das befürchte ich ebenfalls.«

* * *

Mops sah die Pflegerin irritiert an. »Ich soll was?«

»Was dachten Sie denn? Dass wir Ihnen die Samenprobe unter Narkose abnehmen? Machen Sie es wie immer. In den vorbereiteten Becher. Falls Sie Schwierigkeiten dabei haben, stellen wir gern ein paar Herrenmagazine zur Verfügung.«

»Ich dachte …«

Die Pflegerin lächelte hämisch. »Das denken wohl alle Männer.«

»Wenn ich nicht schon vergeben wäre, hätte ich vielleicht gefragt. Wie wäre es, wenn Sie sich in meiner Gegenwart ausziehen? Sie müssen mich ja nicht anfassen.«

»Träumen Sie weiter.«

»Gute Idee, danke für den Tipp.« Er streckte die Hand aus, um den Becher und die Latex-Handschuhe in Empfang zu nehmen.

Das Lächeln der Pflegerin bekam Risse. »Unterstehen Sie sich!«

»Genau. Wie Sie sagten. Ich bin ein Mann. Sexistisch und notgeil. Die Mädels stehen auf mich, obwohl ich kein Millionär bin. Muss wohl nicht alles verkehrt machen.«

»Wenn Sie es genau wissen wollen: Für die schwierigen Fälle bieten wir entsprechende Dienstleistungen an. Ich wüsste aber nicht, warum das auf Sie zutreffen sollte.«

Nun war es an Mops, überrascht auszusehen. »Im Ernst? Nicht, dass ich sie – also sie und nicht Sie – wirklich in Anspruch nehmen wollte.«

Die Pflegerin hatte nun einen professionellen Blick aufgesetzt. »Herr Mops. Dieses Hospital sorgt für Nachkommen in allen nicht vollkommen aussichtslosen Fällen. Um jeden Preis, den der Klient bereit ist, für den Erfolg zu zahlen. Damit meine ich nicht nur Geld. Wir sind zwar kein Bordell, aber manche der notwendigen Dienstleistungen unterscheiden sich nicht davon. Das entsprechende Personal ist geschult und besitzt zumeist einen Doktorgrad in der Medizin. Seien Sie sicher, Lust entsteht da nur auf der Kundenseite.« Sie lächelte schräg. »Natürlich ist bei uns keine Ansteckungsgefahr gegeben. Alles zertifiziert. Es ist eigentlich nur für Nicht-Mediziner ein peinliches Gesprächsthema.«

»Hm. Mir ist da gerade ein verdammt seltsamer Gedanke durch den Kopf gegangen.«

Die Pflegerin bewegte sich zur Tür. »Wenn er Ihnen bei der Verrichtung hilft, dann behalten Sie ihn im Gedächtnis. Bitte schließen Sie die Tür ab und informieren Sie mich über die Sprechanlage innerhalb von fünf Minuten nach dem Erguss. Noch etwas.«

»Ja?«

»Absolute Diskretion ist die Maxime dieses Hauses. Wir machen keine Filmaufnahmen oder hören zu.«

»Wäre das nicht eine lukrative zusätzliche Einnahmequelle?«

»Sie wollen nicht wirklich wissen, wer alles zu unseren Kunden und Förderern gehört.« Sie schloss die Tür.

»Da wäre ich mir an Ihrer Stelle nicht sicher«, flüsterte Mops.

Angelinas Tod

Angelina lag leblos auf ihrem Bett. Die geöffneten Augen starrten die Decke ihres Zimmers hilflos an.

Mops sah missmutig zum Geist der Toten, der es sich zu Füßen ihres Körpers bequem gemacht hatte. »Was soll das?« Angelina zuckte mit den Schultern. »Ich habe keine Ahnung, wovon du sprichst.«

»Lass mich raten. Leonie wird keine unnatürliche Todesursache finden.«

Angelina lächelte aufreizend. »Wer weiß? Sie ist sehr süß.«

»Bilde dir nichts ein. Mehr als ein Abschiedskuss ist nicht drin. Was wetten wir?«

In Angelinas Augen loderte wortwörtlich ein Feuer. »Das war gemein!«

»Du hast angefangen. Ganz ehrlich: Bei mir liegen die Nerven blank. Drei Tote. Mein Polizistenbauch sagt mir, dass alle miteinander zusammenhängen. Aber ich habe keinen Schimmer, wie.«

»Wir setzen großes Vertrauen in dich, Inspektor Mops. Sehr großes.«

Mops seufzte. »Vielen. Herzlichen. Dank.«

Müller kam herein. »Die beiden anderen waren zum Todeszeitpunkt nicht anwesend. Studienreise. Aber der Nachbar unten hat gestern einen lauten Streit gehört. Nein, er hat nicht die Polizei gerufen, es war ja nur laut. Nein, er hat nicht nach dem Rechten gesehen, ist ja nicht seine Sache. Soll ich fortfahren?«

Mops schüttelte den Kopf. »Bitte nicht. Wahrscheinlich könnte hier eine Domina praktizieren und er würde es nicht mitbekommen wollen.«

Müller sah Mops fragend an. »Bitte?«

»Suchen Sie die anderen Nachbarn auf, auch wenn sie zum Todeszeitpunkt wahrscheinlich nicht im Hause waren, und fragen nach ungewöhnlichen Vorfällen in den letzten beiden Wochen. Und nach den Berufen.«

»Mache ich.«

Mops sah zu Angelina, die die rechte Hand krampfhaft vor den Mund hielt. »Die Kollegen können in zehn Minuten reinkommen und ihre Arbeit machen. Ich brauche noch etwas.«

»Gut.« Müller verließ den Raum.

Angelina lachte lauthals los.

Mops sah sich im Zimmer um, bis sie sich beruhigt hatte.

»Du bist ein wirklich ungewöhnlicher Mann«, brachte Angelina schließlich heraus.

»Ich weiß.«

»Frau Glückmann im Vierten hat ein Studio.«

»Ach!«

»Wir haben beim Einzug alle Nachbarn eingeladen. So übel sind die gar nicht. Vielmehr: waren. Für mich jedenfalls.«

»Es tut mir leid.«

Angelina schniefte. »Ja. Mir auch. Ich wollte mit meinem Leben eigentlich mehr anfangen.«

Mops hatte sich Gummihandschuhe über die Hände gestreift. Er ging zu Schreibtisch und zog eine Schublade auf. Dann nahm er ein kleines Heft heraus. »Es gibt einfach Dinge, auf die können sich Einbrecher verlassen.« Er ging zur Tür und gab das Heft dem Kollegen von der Spurensicherung. »Das brauche ich morgen früh auf meinem Schreibtisch. Bitte.«

Dann schloss er die Tür und sah zu Angelina hinüber. »Gehst du ein Stück mit mir? Ich brauche frische Luft.«

* * *

Die Nacht war grau, ein leichter Nieselregen versuchte vergeblich, den Trenchcoat von Mops zu durchdringen.

»Du siehst fast aus wie dieser Fernsehinspektor.«

»Nein. Wir haben nur den Trench gemeinsam. Dein Tod kam, wie bei Chrispian, plötzlich und unerwartet. Nehme ich an.«

»Wenn du es sagst.«

»Was auch immer ihn bewirkt hat, es ist zum Zeitpunkt des Todes nicht mehr nachweisbar.«

Angelina schwieg.

Mops ging langsam weiter. »Du studiertest Medizin?«

»Ja.«

»Und? Schwer?«

»Eigentlich nein. Ich habe nebenher noch Jura belegt, weil ich nicht ganz ausgelastet war. Das kann ich dir ruhig sagen, ist ja kein Geheimnis.«

»Du bist also auch so ein Wunderkind wie Chrispian?«

»Das hat mit Wundern nichts zu tun. Chrispian war auf einem Internat. Ich musste mich auf einer öffentlichen Schule langweilen. Meine Eltern sind sehr konservativ. Sehr lieb und sehr konservativ. Sie wollten ihr kleines Mädchen nicht hergeben, solange sie nicht erwachsen war. Nachdem es so schwer war, es zu bekommen.«

Mops horchte auf. »Bitte?«

Angelina verzog den Mund. »Du bist ein sehr guter Polizist.«

»Darf ich dich zitieren: Wir setzen großes Vertrauen in dich.«

77

»Du kennst die Regeln.«

»Sicher. Aber wer sagt dir, dass ich mich daran halten muss? Ich mache nur meinen Job. Das gehört dazu.«

»Der Punkt geht an dich.«

»Mir graut schon davor, sie besuchen zu müssen. Werden sie auch sterben, nachdem ich sie befragt habe? Sollte ich jemand anderen schicken?«

»Wer bin ich, dass ich das Schicksal kenne?«

»Tot?«

Angelina lächelte. »Das war die Antwort auf das Was. Du weißt das.«

* * *

Mops parkte seine Wagen vor der Tür des herrschaftlichen Hauses. Sobald er ausgestiegen war, näherte sich ihm ein Mann in einem uniformartigen Arbeitsanzug.

»Ich stelle den Wagen für Sie ab«, stellte er fest.

Das klang nicht nach Hausdiener, sondern nach Security. Mops nickte. »Sicher.«

»Bitte gehen Sie hinein. Herr und Frau Weiß erwarten sie im Jagdzimmer. In der Halle gleich links, die erste Tür.«

»Danke.«

Als Mops den Raum betrat, hatte er Mühe, seine Überraschung zu verbergen.

Herr Weiß kam auf ihn zu und reichte ihm die Hand. Er wirkte ruhig und gefasst. »Bitte lassen Sie uns auf die höflichen Floskeln verzichten. Sie machen unsere Tochter nicht wieder lebendig. Fragen Sie, was Sie fragen müssen.«

Er bot Mops einen Platz an einem massiven Eichentisch an und nahm links von ihm Platz. Frau Weiß saß Mops gegenüber.

»Danke. Bevor ich zu Fragen über ihre Tochter komme: Darf ich sie nach ihrem Alter fragen?«

Frau Weiß lächelte traurig, fast entschuldigend. »Ich werde dieses Jahr fünfundsiebzig, mein Mann achtundsiebzig. Nein, Angelina ist nicht adoptiert oder fremd ausgetragen worden.«

»Das ist ungewöhnlich. Zum Zeitpunkt der Geburt waren Sie also ...«

»Fünfundfünfzig. Angelina wurde im St. Stylian Hospital geboren. Sie wurde dort auch gezeugt. Allerdings nicht auf die übliche biologische Art und Weise.«

Mops nickte. »Das habe ich bereits vermutet.«

»Wir hatten über zwanzig Jahre lang eine Tochter. Und auch wenn wir uns für sie ein längeres Leben gewünscht haben, war jeder Tag mit ihr ein Geschenk. Ein Geschenk, für das wir Doktor Schneider sehr dankbar sind.«

Mops entging der seltsame Tonfall des letzten Satzes nicht. Er beschloss, ihn für den Moment zu überhören. Nicht zuletzt deshalb, weil Angelinas Gesichtszüge nicht unbedingt vollkommene Zustimmung ausdrückten.

»Doktor Schneider hat sich persönlich um sie gekümmert?«

Herr Weiß antwortete. »Ja. Er hat uns damals klar gesagt, dass es für das, was er für uns tut, keine Garantie auf dauerhaften Erfolg gibt.«

»Was heißt das genau?«

»Er stand damals noch am Anfang seiner Forschungen zu einem bestimmten Verfahren. Fragen Sie nicht nach Details. Wir sind keine Biologen oder Genetiker.«

»Aha. Gut. Und wie ist es damals für sie gewesen?«

»Wir wurden hervorragend betreut.« Frau Weiß legte die Hände übereinander. »Es gab drei Versuche. Das Ergebnis war eine gesunde Tochter.«

»Das bringt mich zur nächsten Frage. War Angelina jemals ernsthaft krank? Kinderkrankheiten? Andere ungewöhnliche Reaktionen? Allergien?«

Herr Weiß schüttelte den Kopf. »Nein. Sie wurde wie jedes andere Kind geimpft und hatte ab und zu eine laufende Nase. Aber ernsthaft krank war sie nie. Daher sind wir auch so verwirrt über ihren plötzlichen Tod. Nach sehr kurzer Krankheit, wie ich es verstanden habe.«

»Es gibt bisher keinen Anhaltspunkt für ein Fremdverschulden. Auf der anderen Seite ist Angelina die zweite Person in der Studenten-WG, die plötzlich und unerwartet verstorben ist. Sie haben wahrscheinlich vom Tode Chrispians gehört.«

Frau Weiß nickte. »Ja. Schlimme Sache. Wir haben ihn einmal in St. Stylian gesehen. Zum Regel-Untersuchungstermin. Und in der WG, natürlich. Eltern interessieren sich nun einmal dafür, mit wem die Tochter enger befreundet ist.«

Angelinas Körperhaltung war ein einziger Vorwurf.

»Sie hätten gut zueinander gepasst«, meinte Herr Weiß.

»Das geht euch gar nichts an!«, ranzte Angelina.

»Aber es hat wohl nicht sollen sein«, fuhr Frau Weiß fort. »Es war eine große Verliebtheit. Für einen Monat oder so.« Sie lächelte. »Ich habe beide dafür bewundert, wie cool sie mit der Trennung umgegangen sind. Und dass es keinen Streit gab, als Martha für eine Zeit …«

Herr Weiß sah sich verwundert um. »Habt ihr das gehört?«

»Was?«, fragte Mops, der den leisen Knall ignorierte, mit dem Angelina verschwunden war.

»Ich werde alt und höre Stimmen, wie es scheint«, entschuldigte sich Herr Weiß. »Was wollen Sie noch wissen?«

»Wie war die Zusammenarbeit mit Doktor Schneider? Ich meine, nach der Geburt?«

»Es gab regelmäßige Untersuchungen. Und ab und zu

einen Fragebogen. Ich glaube, vor fünf Jahren haben wir uns das letzte Mal getroffen bei einem Vortrag der Stiftung zu künstlicher Befruchtung.«

»Sie gehören zu den Förderern, nehme ich an?«

»Sicher. Die meisten, die dem Hospital Nachkommen verdanken, sind es. Jeder im Rahmen seiner Möglichkeiten.«

»Darf ich eine etwas unangenehme persönliche Frage stellen?«

Herr Weiß nickte zustimmend. »Das müssen Sie wohl.«

»Sie sagten, es gab drei Versuche. Ist Angelina – wie soll ich es ausdrücken – komplett ihre Tochter? Oder gab es fremdes Spendermaterial? Und falls ja: Wurden sie vorab darüber informiert?«

»Ich weiß, worauf Sie hinauswollen. Nein. Angelina ist komplett unsere Tochter.«

»Ich würde gern einen genetischen Test machen lassen, um das zu verifizieren.«

»Gibt es einen konkreten Hinweis auf ein Verbrechen?« Frau Weiß‹ Ton hatte sich merklich abgekühlt.

»Bisher nein.«

»Dann können wir keiner derartigen Untersuchung zustimmen. Wir werden unsere Tochter, nachdem sie freigegeben wurde, verbrennen lassen. Und wir werden einen Sachverständigen beauftragen, ihren Zustand bei Übergabe zu attestieren und die Autopsie-Ergebnisse zu prüfen. Ich denke, Sie verstehen, dass wir den Körper unseres Kindes nicht für Experimente auf Vermutungsbasis hergeben.«

»Natürlich. Dann noch eine letzte Frage. Zu ihrer Tochter. Haben sie sie während des Studiums finanziell unterstützt?«

»Nein.« Herr Weiß sah Mops fest an. »Das war nicht nötig. Angelina hat immer zu den Besten gehört. Sie war weit ehrgeiziger, als sie es für uns hätte sein müssen. Sie hat ein Stipendium der Stiftung erhalten.«

»Davon habe ich schon öfter gehört. Ist es Voraussetzung, dass man in St. Stylian geboren sein muss, um es zu erhalten?«

Frau Weiß blickte Mops scharf an. »Was wollen Sie damit sagen?«

»Nichts. Ich bin Polizist. Ich habe lediglich eine Frage gestellt.«

»Dann ist es ja gut. Nein, das ist keine Voraussetzung. Die Stiftung unterstützt die Besten der Besten. Weltweit. Es gibt keine Bevorzugung, das steht klar in den Statuten. Das Auswahlverfahren ist transparent und öffentlich.«

»Sind auch die Namen der Stipendiaten öffentlich?«

»Nein. Das sind sie nicht. Außerdem ist es untersagt, dass ein Stipendiat damit Werbung betreibt oder sich dessen öffentlich brüstet.«

»Warum?«

Herr Weiß antwortete. »Können Sie sich vorstellen, wie einsam jemand sein kann, der den größten Teil der Menschheit intellektuell hinter sich gelassen hat? Oder eine ganz besondere Fähigkeit besitzt?«

Mops nickte verständnisvoll. »Oh ja. Das kann ich.«

* * *

»Wieso haben Sie die Eltern nicht um eine DNA-Probe gebeten?«

Mops sah Müller an. »Aus zwei Gründen. Erstens wäre das der falsche Zeitpunkt gewesen. Und zweitens liegen die Informationen bei Doktor Schneider im Aktenschrank. Oder in seinem Computer.«

»Schon. Aber dafür benötigen wir eine richterliche Verfügung. Die dürfte sehr schwer zu bekommen sein ohne konkrete Beweise.«

»Genau. Wir wissen das. Und Schneider weiß das auch. So, wie unser Chef sich geäußert hat, kommen wir nicht durch die Vordertür. Da ist der Druck auf der anderen Seite zu hoch.«

»Heißt das, wir müssen aufgeben? Und den Fall als ungelöst zu den Akten legen?« Leonie schnaufte unzufrieden.

»Nein. Wir haben mittlerweile drei Tote. Und keine Garantie, dass es dabei bleibt. Wir müssen uns die WG-Mitglieder noch einmal ansehen. Und im Umfeld der Toten größere Kreise ziehen. Es ist ungewöhnlich, dass wir bisher so wenig gefunden haben, was für oder gegen einen Mord spricht.«

»Während Sie unterwegs waren, habe ich mir die Mitbringsel der Spurensicherung angesehen.«

»Lassen Sie mal sehen.«

Müller legte den Hefter, den Mops gefunden hatte, auf den Tisch. »Angelina hat, genau wie Chrispian, ein Stipendium der Stiftung erhalten.«

»Das haben auch ihre Eltern bestätigt.«

»Mag sein. Haben sie auch bestätigt, dass sich die Höhe des Stipendiums vor zwei Wochen verdoppelt hat?«

»Nein.«

»Doch.«

Leonie ächzte amüsiert. »Ooh!«

»Und Sie haben daraufhin doch hoffentlich auch Chrispians historische Zahlungseingänge untersucht.«

»Natürlich. Chrispians Stipendium hat vor etwa einem Monat einen Sprung nach oben gemacht. In gleicher Höhe.«

»Wie es aussieht, werden bei dieser Stiftung die Frauen nicht gleichbehandelt«, vermutete Leonie.

Mops runzelte die Stirn. »Es könnte auch einen anderen Grund geben. Zumindest wäre dann das Thema Ungleichbehandlung vom Tisch.«

* * *

Am nächsten Morgen erschien ein Mediziner zusammen mit einem Anwalt in der Autopsie, um Angelinas Körper abzuholen. Leonie übergab ihre Unterlagen, musste sich aber zusammenreißen, um nach fünf Minuten Befragung nicht handgreiflich zu werden. Mops (und seine drei Klienten) standen dabei und verfolgten schweigsam die Szene. Schließlich kamen zwei Träger, die Angelinas Körper in einen Zinksarg packten und wegtrugen.

Leonie war in Schweigen verfallen, erwiderte nichts auf die Abschiedsworte und gab niemandem die Hand.

Als sie mit Mops allein war, atmete sie auf. »Die haben mich verhört, als ob ich Angelina umgebracht hätte. Aus welchem Loch sind denn diese Spinner gekrochen?«

»St. Stylian.«

Leonie starrte Mops missmutig an. »Davon steht aber nichts in der Presse.«

»Natürlich nicht. Aber überrascht hat mich das nicht. Wo es um viel Geld geht, braucht es nun mal Leute, die das Geschäft gegen die Konkurrenz verteidigen. Dieses Hospital achtet sehr genau darauf, dass sein guter Ruf nicht beschädigt wird.«

»Indem es Sturmtruppen schickt?«

»Das war völlig legal.«

»Das ist mir völlig e-gal!«

»Ich lade dich zu einem Kaffee ein. Hier in der Kantine. Weiter kommst du sonst nicht, ohne zu explodieren, schätze ich.«

Leonie grinste verschlagen. »Einverstanden. Ich brauche aber noch eine Stunde hier unten.«

»Warum?«

»Die beiden haben mir bestätigt, dass ich alles korrekt gemacht und korrekt übergeben habe. Habe ich auch.«

»Und?«

»Jetzt mache ich noch das, was jede gute Kriminelle macht: Spuren beseitigen.«

»Spuren wovon?«

»Davon, dass Angelina jemals in diesem Raum war. Sie wird nur noch in unseren Akten existieren. Wie ein Geist.«

»Aha? Ich dachte, das wäre sowieso aus hygienischen Gründen notwendig.«

»Stimmt. Deshalb muss ich mich jetzt sofort persönlich darum kümmern.«

»Verstehe.«

»Mops, du solltest zur Polizei gehen.«

»Ich denke darüber nach.«

* * *

Der Mediziner sah noch einmal kurz auf die Unterlagen, bevor er Mops seine Aufmerksamkeit zuwandte.

»Sie dürfen ruhig ehrlich zu mir sein.« Mops lächelte verkrampft. »Ihrem Ausdruck nach vermute ich, dass es bei mir für Nachkommenschaft bereits zu spät ist.«

Sein Gegenüber suchte nach den richtigen Worten. »Das würde ich nicht sagen. Ich möchte es eher so formulieren: Das Material ist nicht für jeden beliebigen Zweck geeignet.«

»Wie muss ich mir das vorstellen?«

»Es gibt bei Ihnen – bestimmte – Merkmale, die es Ihnen erschweren, auf natürliche Art und Weise Vater zu werden.«

»Sie hören sich gerade an wie ein Lehrer der Hogwarts-Schule und nicht wie ein Arzt.«

Der Mediziner nickte lächelnd. »Keine Sorge, Sie sind ein vollwertiger Muggel.«

»Danke. Aber?«

»Sie sind nicht mit jedem weiblichen Muggel kompatibel. Sehen Sie: Theoretisch kann jede gesunde Frau auf der Welt von jedem gesunden Mann geschwängert werden. Sie sind gesund. Trotzdem gilt diese Regel nicht für Sie. Können Sie mir irgendetwas Besonderes über ihre Eltern erzählen? Etwas, was Rückschlüsse auf eine ungewöhnliche Konstellation zulassen würde?«

»Leider nein. Das letzte Mal, dass ich meine Mutter gesehen habe, war bei meiner Geburt. Meinen Vater habe ich nie kennengelernt.«

»Das ist sehr schade.«

»Ja, finde ich auch. Und was muss ich tun, um herauszufinden, ob ich mit meiner Frau kompatibel bin? Abgesehen von ausgedehnten persönlichen Testreihen?«

»Dafür müssten wir Ihre Frau untersuchen. Idealerweise wäre es dann damit getan. Aber ehrlich gesagt glaube ich das nicht.«

»Das heißt, wenn ich eigene Nachkommen wollte, müsste ich mich im schlimmsten Fall von meiner Frau trennen, um eine andere, passendere kennenzulernen. Entschuldigen Sie, aber das ist absurd.«

»Bezogen auf Ihre Zuneigung zu Ihrem Partner ist es das. Die Genetik nimmt darauf leider keine Rücksicht.«

»Die andere Möglichkeit wäre dann eine anonyme Samenspende. Ehrlich gesagt, ich glaube nicht, dass meine Frau dem zustimmen würde.«

Der Mediziner lächelte. »Deshalb ist es ja eine anonyme Samenspende.«

Mops schüttelte den Kopf. »Es wäre trotzdem so wie Fremdgehen. Auch wenn ich persönlich nicht anwesend wäre.«

»Wenn das Ihre moralischen Maßstäbe sind, dann werde ich nicht versuchen, Sie von etwas anderem zu überzeugen.«

Mops grübelte eine Minute. »Aber das ist nicht alles. Nicht wahr? Es gäbe schon eine erfolgversprechendere Methode. Einmal abgesehen von einer anonymen Spende für meine Frau, was sie ebenfalls ablehnen würde.«

»Da müsste ich nachfragen. Nicht nur, ob das technisch möglich wäre, sondern insbesondere, ob das juristisch und ethisch vertretbar wäre.«

»Hört sich teuer an.«

»Wäre es auch. Rein hypothetisch natürlich.«

»Wie teuer? Rein hypothetisch natürlich.«

Der Mediziner schrieb eine Zahl auf ein Blatt Papier und schob es zu Mops hinüber.

Mops las die Zahl, griff nach dem Wasserglas, das auf dem Schreibtisch stand und leerte es in einem Zuge. »Ja. Das ist teuer.«

»Das war nur ein unverbindlicher Kostenvoranschlag. Ohne Garantie auf Erfolg. Hypothetisch. So es ethisch und juristisch ...«

Mops unterbrach ihn. »Sie wiederholen das wie ein Mantra. Lassen Sie den ganzen Zeitgeistquatsch mal beiseite und reden Klartext mit mir.«

»Zu einem Polizisten? Über dieses Thema?«

»Ich bin gerne und gut Polizist. Aber das, was ich nach Feierabend mache, geht niemanden etwas an, solange es ihm nicht schadet. Können Sie das nachvollziehen?«

Der Mediziner zog das Blatt zurück und schob es in den Aktenvernichter. »Durchaus. Trotzdem weise ich darauf hin, dass – theoretisch – nicht nur wir, sondern auch Sie sich strafbar machen könnten.«

Mops nickte. »Habe ich verstanden. Ich werde mit meiner Frau darüber reden. Wie konkret können Sie werden, ohne dass es gleich Geld kostet? Und wen können Sie mir für eine zweite Meinung empfehlen?«

»Geben Sie mir eine Woche Zeit. Die brauche ich, um einige Dinge zu klären.«

»Einverstanden.«

Mops stand auf und reichte dem Mediziner die Hand.

»Danke für Ihre Unterstützung.«

Der Mediziner stand auf und schlug ein. »Ist mir ein Vergnügen. Sie hören von uns.«

Als Mops gegangen war, griff der Arzt zum Telefon und wählte die interne Nummer von Doktor Schneider.

»Ich denke, er hat angebissen.«

»Gut. Sehr gut. Dann machen Sie weiter wie geplant.«

»Ist das nicht gefährlich? Immerhin ist er ein Inspektor der ...«

»Das lassen Sie meine Sache sein. Wir haben hier eine einmalige Gelegenheit. Und die werde ich mir nicht entgehen lassen.«

»Glauben Sie nicht, dass das auch nach hinten losgehen kann?«

Am anderen Ende war ein selbstsicheres Lachen zu hören. »Bisher bin ich mit jedem Problem fertiggeworden, das sich mir in den Weg gestellt hat. Ich habe keine Veranlassung zu glauben, dass es dieses Mal anders sein sollte.«

* * *

Als Mops die Autopsie verließ, kam ihm Müller entgegen.

»Einer der Teilnehmer der Beerdigung hat sich gemeldet. Er habe eine alte Kollegin von Vera vermisst, die uns vielleicht weiterhelfen könne.«

»Das hört sich gut an. Haben Sie sie schon kontaktiert?«

Müller nickte. »Habe ich. Die Dame macht allerdings einen sehr zurückhaltenden Eindruck. Sie sagte, dass sie nicht zur

Beerdigung gekommen sei, weil sie Schneider nicht über den Weg laufen wollte.«

»Interessant. Sonst noch etwas?«

»Ich glaube, sie hat Angst.«

»Vor Schneider?«

»Möglich.«

»Will sie uns helfen, oder will sie es nicht?«

»Sie will. Zu Bedingungen. Die Dame hat mich auf einen Journalisten aufmerksam gemacht, der sich kritisch mit Schneiders Forschungen auseinandergesetzt hat. Wir können uns bei ihm treffen.«

»Sie haben aber schon klargemacht, dass wir zu laufenden Ermittlungen nichts nach außen geben?«

»Sicher. Trotzdem glaubt sie, dass wir uns gegenseitig unterstützen könnten.«

»Das ist alles sehr nebulös.«

»Ja. Aber im Moment haben wir außer ihr niemanden, der mit uns über Vera sprechen will.«

* * *

Der Journalist war ein unauffälliger, untersetzter Mann, der zuerst die Tür zum Nebenraum in der Wirtschaft schloss, in die er Mops und Müller eingeladen hatte.

Er legte einen grauen Kasten auf den Tisch und betätigte einen Schalter.

»Sie können ihre Handys ruhig anlassen«, erklärte er mit einem entschuldigenden Lächeln. »Nur benutzen können sie sie nicht, solange dieser Störsender aktiv ist.«

Mops hängte seinen Mantel an die Garderobe und kam zu dem Mann, der sich als Helmut Richter vorstellte.

»Sie machen es ganz schön geheimnisvoll.«

Richter nickte. »Ja. Sie haben keine Vorstellung davon,

über welche Mittel der Chef des St. Stylian Hospitals verfügt. Darf ich bitte ihre Dienstausweise sehen?«

Er prüfte die Dokumente akribisch und machte Fotos davon. Mit einer Kamera, die einen richtigen Film eingelegt hatte. Nachdem Mops und Müller am Tisch Platz genommen hatten, ging er zurück in den Gastraum und kam mit einer Frau zurück, die Mops auf den ersten Blick auf vierzig geschätzt hätte.

Sie stellte sich als Irene Warting vor.

Müller räusperte sich. »Darf ich Sie nach Ihrem Alter fragen? Sie sehen weit jünger aus, als Sie nach meiner Schätzung sein müssten. Ich bitte das als Kompliment aufzufassen und nicht als Unhöflichkeit.«

Irene zeigte den Beamten ihren Ausweis. »Ich bin es tatsächlich. Ihre Unterlagen stimmen. Ich werde im nächsten Monat achtzig Jahre alt.« Sie setzte sich an den Tisch. »Was sie nicht sehen, ist das, was sich unter der Oberfläche befindet. Genau wie bei Doktor Schneider.«

»Was wollen Sie uns erzählen?«, fragte Mops.

Irene legte ihre Hände auf den Tisch. »Fangen wir am Anfang an. Vor etwa vierzig Jahren gab es einen jungen, genialen, aufstrebenden Mediziner. Er hatte Ideen, die seiner Zeit weit voraus waren. Er hatte den Mut und die Kraft, sie umzusetzen. Er hatte eine Assistentin. Mich. Ich will sie nicht mit Details langweilen. Zusammen haben wir die Anfangshürden überwunden. Wir fanden eine Einrichtung, die Schneiders Forschung finanzierte und die davon heute profitiert. Nach den ersten – nicht in der Öffentlichkeit bekanntgemachten – Erfolgen stellten sich sehr schnell neue Geldgeber und neue Kunden ein. Schneider übernahm die Leitung von St. Stylian und gründete die Stiftung. Das war vor fünfundzwanzig Jahren. Bis dahin lief alles relativ normal, unter Berücksichtigung von Schneiders außergewöhnlichem Talent. Dann fing er an, seinen Forschungen eine neue Richtung zu geben. Eine Richtung, die mit gegenwärtigen ethischen Prinzipien nur schwer vereinbar ist. Seine Klienten wurden mehr und mehr zum Material seiner Untersuchungen und Experimente. Ich habe mich damals von ihm getrennt. Vera ist geblieben, bis zu einem unglückseligen Vorfall, für den sie, obwohl nicht schuldig, die Verantwortung übernommen hat.«

»In der Presse las sich das anders, ich weiß«, ergänzte Richter. »Ich hatte Vera Wagner mehrmals interviewt, und es sind – Ungereimtheiten – aufgetaucht, die ich nicht in der Lage war zu klären. Die Aktenlage war eindeutig.« Er lächelte grimmig. »Wer schreibt, der bleibt. Schneider hat Vera dann eine großzügige Offerte gemacht. Die Betreuung eines seiner Experimente.«

»Was für ein Experiment?«, fragte Mops.

Richter schüttelte den Kopf. »Wenn ich das ausspreche, dann werden Sie mich für einen Spinner halten. Ich vertraue darauf, dass sie ihre Hausaufgaben machen. Mir fehlt das Fachwissen, aber es hat etwas mit Genetik zu tun. Etwas, was ...« Er verfiel in Schweigen.

»... was den Untergang der existierenden Menschheit heraufbeschwören kann«, ergänzte Irene.

»Das ist ein ziemlich großes Geschütz, was Sie da auffahren«, entgegnete Mops. »Wie soll ich das in meine Ermittlungen einbauen?«

Irene lachte auf. »Sie? Gar nicht. Entschuldigen Sie, das war nicht persönlich gemeint.«

»Klang aber so.«

»Seien Sie mir nicht böse. Aber Sie haben weder das Wissen noch die Erfahrung, das beurteilen zu können.«

Mops lächelte auf eine sehr seltsame Art und Weise. Für eine Sekunde schien sein Gesicht an zwei knapp nebeneinanderliegenden Orten gleichzeitig zu sein. Eines war das von Mops, das andere von Chrispian.

Irene blinzelte schockiert, aber da war der Moment schon vergangen.

Mops räusperte sich. »Das Wissen vielleicht nicht. Aber die Erfahrung. Erklären Sie es mir in einfachen Worten.«

Irene nickte. »Na gut. Ganz einfach. Sehen Sie mich an. Ich bin, was meine äußere Erscheinung angeht, seit vierzig Jahren um keinen Tag gealtert.«

»Das sieht man«, bestätigte Müller.

»Es war einer der ersten Versuche Schneiders. Vor vierzig Jahren gab es keine Computer, mit denen man Genomveränderungen simulieren konnte. Und es gab damals auch noch keine Rechenmodelle dafür. Unnötig zu sagen, dass es für derartige Verfahren auch keine Testgenehmigung gegeben hätte.« Sie lächelte traurig. »Welche Frau will nicht für immer jung aussehen?«

»Schneider hatte also Erfolg?«

»Nein.«

»Aber …«

»Sie wissen doch, Herr Mops: Schönheit hat ihren Preis. Ich nehme Medikamente. Sehr starke und ungewöhnliche Medikamente. Es hat Jahre gedauert, bis ich mich daran gewöhnt habe. Unter Aufsicht von Schneider. Ohne diese Mittel bin ich nach einem Tag tot. Wie eine Eintagsfliege. Es hat sehr lange gedauert, eine Menge herzustellen und zu stehlen, die es mir ermöglicht hat, mich von Schneider loszusagen. Inklusive hinterlegter Geständnisse. Ich werde in einem Monat sterben, der Vorrat ist fast aufgebraucht. Genau wie das Leben, was ich leben wollte.«

»Was ist mit Ihnen und Vera?«, fragte Mops.

»Wir waren Kollegen. Und sehr gute Freunde. Vera hat den Fehler gemacht, Schneider zur Rede zu stellen und ihn umstimmen zu wollen. Er hat sie hereingelegt. Vera wäre für den Rest ihres Lebens in einer geschlossenen Anstalt verschwunden, wenn sie sich nicht gefügt hätte.«

Richter sah missmutig drein. »Ich habe es geahnt.«

Irene nickte. »Ich weiß. Darum habe ich Sie bei diesem Treffen dabeihaben wollen. Vielleicht können Sie ihre Arbeit mit Hilfe des aktuellen Falles zu Ende führen. Es klingt so pathetisch, wenn jemand sagt: Die Welt muss die Wahrheit erfahren. Die Welt muss gar nichts. Außer sterben. Aber vielleicht erfahren einige Menschen die Wahrheit, die wissen, was sie bedeutet. Und vielleicht treffen diese Menschen dann die richtigen Entscheidungen.«

»Haben Sie sich nach ihrer Trennung noch mit Vera getroffen?«

»Ja. Regelmäßig. Jedes Jahr. Ich kannte Chrispian und habe ihn auch ein oder zweimal im Internat gesehen.«

»Würden Sie behaupten, dass Schneider seine Arbeit, was auch immer er genau getan hat, an Chrispian gut gemacht hat?«

»Ja. Von einem technischen Standpunkt aus gesehen: ja.«

»Halten Sie es für möglich, dass er innerhalb weniger Tage an einer bekannten Krankheit gestorben sein kann?«

Irene schüttelte bestimmt den Kopf. »Nein. Das ist, meiner Meinung nach, so gut wie ausgeschlossen. Ich bin fest überzeugt davon, dass er umgebracht wurde.«

Chrispian, der hinter Irene stand, applaudierte.

Mops sah Irene ernst an. »Ich würde gern alles, was Sie uns sagen wollen, aufschreiben. Damit es, wenn es so weit kommen sollte, in einem Prozess oder einer Untersuchung verwendet werden kann.«

»Gerne.«

»Und ich würde Sie bitten, zusammen mit Herrn Richter an einem noch festzulegenden Ort ihre ganze Lebensgeschichte dokumentieren. Ich werde Zeugenschutz für Sie anfordern.«

»Tun Sie das.«

Mops sah Richter fragend an.

»Einverstanden.«

»Ab sofort?«

Irene und Herr Richter sahen sich kurz an und nickten dann zustimmend.

»Ich habe alles dabei, was ich noch brauche.« Sie sah Mops und Müller ernst an. »Das, was ich getan habe, ist nicht entschuldbar. Ich habe die Augen vor einer sich nähernden Gefahr verschlossen und gehofft, dass eine höhere Macht Schneider und seine Unterstützer aufhält. Es ist nicht geschehen. Ihr Einsatz ist die letzte Chance, eine Katastrophe zu verhindern.«

* * *

Mops saß in der Küche und schliff die Sense. Nach zwei Minuten stellte er fest, dass ihm diese Tätigkeit dieses Mal keine Entspannung oder Einsichten verschaffen würde. Er stand auf, nahm die Sense in beide Hände und übte einige Schwünge, die ihm ebenfalls nicht besonders gut gelangen. Schließlich stellte er die Sense auf und klappte die Klinge zurück in den Stiel. Er stellte das Gerät zurück in den Besenschrank. Angelina und Chrispian hatten sich eingefunden.

Mops sah sie grimmig an. »Warum ich? Kann nicht mal jemand anderes die Welt retten?«

Chrispian lächelte ironisch. »Wieso? Du machst das doch gut.«

»Ich habe gerade nicht den Eindruck. Und, unter uns: Habe ich nicht auch einmal etwas Ruhe verdient? Ein paar simple Morde?«

Angelina unterstützte Chrispian. »Mit besonderen Fähigkeiten kommt eben auch eine besondere Verantwortung.«

»Aha. Und was ist mit euch?«

»Wir sind tot. Schon vergessen? Willst du mit uns tauschen?«

»Nein. Ich befürchte, dass das kein guter Tausch wäre.«

Mops seufzte. »Ich bewege mich im Moment auf einer Spur, die im Kreis zu führen scheint. Und der Hauptverdächtige, wenn er es denn ist, steht außerhalb und lacht.«

»Das ist nun aber nicht ungewöhnlich. Vielleicht musst du deine Kreise größer ziehen«, schlug Chrispian vor.

* * *

»Du hast wirklich keine Ahnung, wo Helmut und Irene hingebracht wurden?«

Mops bremste den Wagen, um abzubiegen und in das Parkhaus der Universität einzufahren.

»Nein. Natürlich nicht. Die Information wird bis zum Abschluss des Falles auch nicht elektronisch gespeichert werden.«

»Ist das nicht ungewöhnlich?«

»Ja. Es wurden ganz besondere Maßnahmen getroffen. Ist dir eigentlich jemals klargeworden, wie verloren du bist, wenn du kein Funktelefon mehr benutzen kannst? Die Münztelefone sind wegrationalisiert. Es gibt keinen Ersatz, zum Beispiel kostenlos nutzbare Notrufsäulen.«

»Du meinst, der Preis der jederzeitigen Erreichbarkeit ist die völlige Hilflosigkeit?«

»So weit würde ich nicht gehen. Aber wenn du auf der sicheren Seite sein willst, dann solltest du immer ein Hospital in fußläufiger Entfernung haben. Und eine Polizeistation. Und eine Feuerwehr. Und, und, und.«

Mops parkte den Wagen.

Ihr Kontakt wartete am Empfang auf sie. Professor Sterner führte Leonie und Mops in einen kleinen Besprechungsraum.

»Hier können sie nicht telefonieren. Zu diesem Zweck gehen sie bei Bedarf bitte auf den Gang. Wir sind hier ganz unter uns.«

Mops runzelte die Stirn. »Das scheint jetzt wohl Mode zu werden.«

»Bitte?«

»Entschuldigen Sie. Fahren Sie fort. Was können Sie uns über Doktor Schneider und seine Forschungen sagen?«

Sterner breitete die Hände aus. »Erstaunlich wenig. Schneider hat sich einen Namen in der Wissenschaft gemacht, als er ein technisches Verfahren zur Erhöhung der Wahrscheinlichkeit bei künstlichen Befruchtungen vorgestellt hat. Genial, aber nicht nobelpreisverdächtig. Ihm scheint mehr an diesem Verfahren als Einnahmequelle gelegen zu sein als an Patenten. Bisher ist es noch niemand anderem gelungen, seine Veröffentlichung technisch umzusetzen.«

»Verstanden.« Mops sah auf seine Fragenliste. »Wenn wir den wissenschaftlichen Teil einmal beiseite lassen, dann geht es bei vielen Forschungen doch auch um viel Geld. Entweder viel Geld, das benötigt wird, um die Forschung zu betreiben, oder um viel Geld, was mit den Ergebnissen verdient werden kann. Wie schätzen Sie Schneider da ein?«

»Wenn ich den spärlichen Berichten in den Medien Glauben schenken kann, dann hat er beides geschafft. Wissenschaftlich und finanziell. Darüber hinaus auch politisch.«

»Wie meinen Sie das?«, fragte Leonie.

»Darf ich fragen, wie alt sie sind?«

»Dreißig. Warum?«

»Verstehen Sie das jetzt bitte als Fakt, den Sie sowieso

kennen: Die Phase, um problemlos Kinder zu bekommen, liegt in absehbarer Zeit hinter Ihnen.«

»Ich weiß.« Die Antwort klang ein wenig angestrengt.

Sterner lächelte mild. »Ich entnehme aus der Klangfarbe Ihrer Stimme, dass Sie sich noch nicht endgültig für oder gegen eine Schwangerschaft entschieden haben.«

»Das ist doch wohl meine Sache.«

»Sicher. Ich habe lediglich angemerkt, dass Sie, für sich selbst, zum jetzigen Zeitpunkt noch keine Entscheidung getroffen haben.«

»So ist es.«

»Nehmen wir einmal an, Sie hätten diese Entscheidung bereits vor Jahren getroffen. Sich dann mit aller Kraft auf Ihre Karriere konzentriert. Erfolg gehabt. Beruflich und privat. Nun sind Sie fünfzig oder noch älter und plötzlich mit Ihrer früheren Entscheidung nicht mehr einverstanden.«

Leonie schluckte. »Ich verstehe, worauf Sie hinauswollen.«

»Genau. Schneider erfüllt Wünsche. Wünsche, die bei Beachtung der normalen Wahrscheinlichkeiten der menschlichen Biologie so gut wie unerfüllbar wären. Schneider ist nicht der Einzige, der es tut. Aber er ist, mit Abstand, der Beste. Seit einer Generation.«

»Sie meinen, er ist ein sehr reicher Mann?«, warf Mops ein.

»Das ist er bestimmt. Ich bin es ebenfalls, nach meinen eigenen Maßstäben. Wenn auch bei Weitem nicht so reich wie Schneider. Aber ich habe, im Gegensatz zu ihm, für mich entschieden, dass ich, salopp gesagt, nicht mehr zu fressen brauche, als ich kotzen kann.«

»Wie gut kennen Sie Schneider?«, fragte Mops.

»So gut wie jemand seinen ehemaligen besten wissenschaftlichen Mitarbeiter kennt. Er hat uns alle überflügelt. Zuerst war ich sehr stolz auf meinen Kollegen. Heute ...«

Sterner machte eine bedeutungsvolle Pause. »Heute habe ich Angst vor ihm. Vor dem, was er erreicht hat. Vor dem, was er noch erreichen kann, wenn ihn niemand aufhält.«

»Komisch. Fast den gleichen Satz habe ich vor einiger Zeit vor Vera Wagner gehört«, log Mops.

Sterner nickte. »Das kann ich mir denken. Nachdem Chrispian tot war, gab es für sie keinen Grund mehr, auf irgendjemanden Rücksicht zu nehmen.«

»Auch nicht auf sich selbst?«

»Nein.«

Leonie stellte die nächste Frage. »Was macht Schneider, aus wissenschaftlicher Sicht, so gefährlich in Ihren Augen?«

»Er ist ein Mensch, der den Ehrgeiz hat, alles zu erreichen, was erreichbar ist. Kennen Sie das Märchen vom Fischer und seiner Frau?«

Leonie nickte. »Ja. Sicher.«

»Schneider ist die Frau, die nicht genug bekommen konnte.«

Leonie schnaufte belustigt. »Sie meinen, er will mit Gott konkurrieren?«

Sternes Antwort war bar jedes Humors. »Sie haben es erfasst. Wer ist schon Gott in den Augen der Wissenschaft? Was Gott uns hinterlassen hat, ist das Prinzip der evolutionären Entwicklung. Sowie eine Bibliothek, in der jeder Text eines jeden Buches drei Zeichen hat. Aus einem Zeichensatz von nur vier Buchstaben.« Er sah zu Mops hinüber. »Was meinen Sie? Bin ich ein Blasphemiker?«

Mops sah Sterner über die Schulter. Erst nach rechts, dann nach links. Er lächerte amüsiert. »Nein. Das glaube ich nicht. Ich weiß, dass ich das nicht glaube.«

Sterner drehte sich um, dann zurück und sah Mops irritiert an. »Was wollen Sie damit sagen?«

»Niemand von uns dreien hat Gott je gesehen. Trotzdem

will niemand von uns, dass jemand dessen Platz einnimmt. Ich habe drei Tote, bei denen keinerlei Krankheit oder Fremdeinwirkung nachweisbar ist. Sie sind einfach tot. So einfach, dass ich nicht glaube, dass sie einfach tot umgefallen sind. Können Sie mir einen Hinweis geben, wie – rein theoretisch – jemand mit dem Wissen Schneiders es geschafft haben könnte, sie zu ermorden? Falls er es denn war?«

Sterner zuckte mit den Schultern. »Da würden mir, ohne groß nachzudenken, zwanzig verschiedene Methoden einfallen, die man in keiner Autopsie nachweisen könnte. Das hilft Ihnen nicht weiter. Sie müssen die eine finden, die er benutzt hat.«

»Mit anderen Worten: Ich muss auf eine passende Gelegenheit warten. Habe ich fast befürchtet. Können Sie mir sagen, woran Schneider gerade arbeitet. Oder Ihrem Wissen nach zuletzt gearbeitet hat?«

Sterner überlegte eine Minute. »Ich denke schon. So weit ich weiß, ging es in seiner letzten Veröffentlichung um das Sequenzieren der DNA von ausgestorbenen Arten.«

»Was hat das mit Menschen zu tun?«, fragte Leonie nach.

Sterner lächelte. »Nun ja. Genetisch unterscheiden wir Menschen uns nicht vom Rest der lebendigen Welt. Wir sind nur vor vielen Jahren in Richtung ›Mensch‹ abgebogen, und andere in Richtung Tyrannosaurus Rex, um ein Beispiel zu nennen. Wenn Sie genug Text ›T. Rex‹ zusammenbekommen, dann können Sie den Rest aus lebenden Arten ergänzen. Theoretisch.«

»Jurassic Park für Arme also?«

»Nein. Jurassic Park für Reiche. Und Superreiche.«

»Aha. Und es gibt niemanden, der versucht, das zu verhindern?«

Sterner sah Leonie mitleidig an. »Das ist der berühmte Kampf gegen Windmühlen. Wer aus dem Wissenschaftsbetrieb gegen Schneider agiert, kann seine Karriere vergessen. Sie werden keinen Naturwissenschaftler finden, der sich mit ihm anlegen wird. Schneider hat ein Level erreicht, bei dem Geld keine Rolle mehr zu spielen scheint und Justitia das Schwert aus der Hand gelegt hat. Leute wie sie und ich zählen da nicht mehr.«

Leonie verzog angewidert das Gesicht. »Tolle Aussichten.«

»Die Wissenschaft produziert Wissen. Das ist, für sich, ein neutraler Wert. Es liegt an uns, welche Produkte daraus entstehen.« Er zögerte. »Es scheint wohl Widerstand gegen Schneider und seine Machenschaften aus der geisteswissenschaftlichen Fraktion zu geben. Bisher kleine Dinge. Thesenpapiere, Essays. Die Gegenwehr kommt aus einer Ecke, die Schneider immer verachtet hat. Möglicherweise ist er an dieser Stelle empfindlich genug, dass er eines Tages einen Fehler machen wird.«

»Ich werde ihn mit meiner Sense besuchen«, meinte Mops. »Und mit ihm über den Sinn des Lebens diskutieren.«

Sterner sah Mops überrascht an. »Wie meinen Sie das?«

»Rein metaphorisch. Was dachten Sie denn?«

* * *

»Sag mal…«

»Mal.« Mops schlürfte, bequem auf der Couch in Leonies Wohnzimmer sitzend, an seinem Bier.

»Diese WG, in der Chrispian und Angelina wohnten…«

»Ja?«

»Was studieren die beiden anderen nochmal?«

Mops verschluckte sich und hatte Mühe, das Bier bei sich zu behalten und das Glas auf den Tisch zu stellen. »Irgendwas mit Philosophie«, brachte er schließlich heraus.

»Das ist doch kein Zufall.«

»Dass Sterner das erwähnt hat? Oder dass die zusammen gewohnt haben?«

»Gute Frage. Zumindest ich halte beides zusammen für keinen Zufall.«

»Weißt du was? Diese klugen Leute gehen mir langsam auf den Geist. Nur Andeutungen, die beliebig interpretiert werden können. Niemand tut dem anderen weh. Und niemand ist es am Ende gewesen. Wenn das so weitergeht, dann braucht es bald auch keine Kriminalisten mehr. Weil sich niemand wirklich dafür interessiert, wer gegen die Regeln verstoßen hat.«

Leonie setzte sich neben Mops. »Du klingst ziemlich deprimiert.«

Mops nickte grimmig. »Da hast du recht. Wenn es nach mir ginge, dann würde ich das ganze Hospital auf den Kopf stellen lassen und der Stiftung eine Hundertschaft von Wirtschaftsprüfern auf den Hals schicken. Aber dafür braucht es einen Grund. Und nicht nur die für andere nicht nachvollziehbare Information einiger Toter, die behaupten, ermordet worden zu sein.« Er griff nach dem Bier und nahm einen tiefen Zug. »In den nächsten Tagen kommen meine Ergebnisse und Angebote aus St. Stylian.«

»Hast du keine Angst, dass dich das deprimieren könnte?«

Mops grinste. »Nein. Die werden sich riesig freuen, uns beide als Kunden zu bekommen.«

»Das ist nicht komisch.«

»Warst du bisher unzufrieden? Ist mir irgendwas entgangen?«

»Siehst du das etwa als Wettbewerb, bei dem es etwas zu gewinnen gibt?«

»Ich bin … nein.«

»Dein Glück.«

»Uff.«

Leonie lehnte sich an Mops. »Ich mag dich so, wie du bist. Meistens.«

»Danke. Die DNA-Analyse wirst du in meine Sprache übersetzen müssen.«

Jetzt grinste Leonie. »Mache ich doch gerne. Komplizierte Sachen für die einfache Bevölkerung übersetzen.«

Mops legte seinen Arm um sie. »Hast du irgendwelche besonderen Wünsche, den weiteren Verlauf des Abends betreffend?«

»Nein. Ich möchte gern das Übliche.«

»Nur wenn du morgen den Kaffee kochst.«

»Das ist Erpressung.«

»Ich weiß.«

Plan 2

»Faszinierend.«

Mops schüttelte missbilligend den Kopf. »Um das so zu sehen, muss man wohl Mediziner sein.«

Leonie hakte sich bei Mops unter. »Chrispian und Angelina haben teilweise identische genetische Merkmale. Sie sind aber definitiv nicht so nahe verwandt wie Geschwister. Dafür gibt es kein Indiz. Somit ist das Ergebnis unerklärlich.«

»Genauso unerklärlich wie die deutliche Erhöhung ihrer Zuwendungen. Gefolgt von einem plötzlichen Tod. Das klassische Szenario einer Erpressung, bei der der Erpresste extreme Gegenmaßnahmen ergreift. Die einzige Person, bei der sich alles überschneidet, ist Schneider. Er kannte beide Opfer, und er kannte Vera. Er ist für die Geburt Angelinas verantwortlich, möglicherweise auch für die von Chrispian.«

»Vielleicht auch für mehr?«

»Was meinst du damit?«

»Na ja. Man hat dir gegenüber angedeutet, dass für Geld einiges mehr möglich sei als Sperma und Ei zusammenzubringen.« Leonie schauderte. »Wenn man, wie du gesagt hast, das Ganze von einem neutralen medizinischen Standpunkt aus betrachtet ...«

»Du meinst, Schneider hat mehr gemacht als nur die Hand aufzuhalten?«

Leonie begann zu kichern. »Ja.«

»Was ist daran jetzt so komisch?«

»Dein sechster Sinn für schwarzen Humor. Es gibt einen

dokumentierten Fall, nach dem ein Arzt als anonymer Samenspender zu mehreren hundert Nachkommen gekommen sein soll. Ohne Geschlechtsverkehr.«

»Wäre auch ziemlich anstrengend gewesen.«

»Früher war die Gesetzeslage weit restriktiver als heute. Und wer Ergebnisse sehen wollte …« Leonie brach in Gelächter aus. »… musste die Sache schon selbst in die Hand nehmen.« Sie schnappte nach Luft. »Aua. Das tut weh.«

»Geschieht dir recht, wenn du so auf uns Männern herumreitest.«

Mops musste Leonie festhalten und stützen, damit sie nicht zu Boden ging. Er ignorierte die befremdeten Blicke der anderen Spaziergänger. Sie setzten sich auf eine Bank.

Nach einer Weile konnte Leonie wieder sprechen. Jeglicher Humor war aus ihrem Gesicht gewichen. »Ich glaube, dass dieser Schneider weit mehr gemacht hat als anonym seinen Samen zu verteilen.«

»Dürfte schwer werden, ihm das nachzuweisen. Sowohl die Morde als auch das andere. Ohne Gerichtsbeschluss bekommen wir von dem garantiert keine DNA-Probe.«

»Mist.«

»Da müssen wir schon mit Beweisen kommen. Nicht mit Vermutungen über seltsame Praktiken, die vor zwanzig Jahren stattgefunden haben sollen.«

»Diese seltsamen Praktiken sind das, wofür heute andere Leute Nobelpreise bekommen. Heute. Nicht vor zwanzig Jahren. Verstehst du? Wenn wir mit so einer Idee kommen, dann erklärt man uns für verrückt.«

»Was uns zu der Vermutung bringt, dass Schneider möglicherweise auch eines dieser Wunderkinder ist.«

»Wenn ich meine und Müllers Erfahrungen zusammenzähle, dann liegt das nahe. Er spielt mit uns. Und er spielt mit seinen Patienten.«

»Bisher scheint sich aber niemand beschwert zu haben. Müller und ich haben recherchiert. Abgesehen von kritischen Stimmen, die auf unbewiesenen Behauptungen basieren, gibt es nichts Negatives über ihn und das Hospital. Natürlich ist auch dort ab und zu etwas schief gegangen, aber nichts, was eine Strafverfolgung nach sich gezogen hätte. Im Gegenteil. Wie du weißt, hat Schneider sich sogar vor Vera Wagner gestellt, als ihr Kunstfehler vorgeworfen wurde. Nicht dass es ihr etwas genutzt hätte.«

»Und jetzt kommen zwei kleine Polizisten und eine Pathologin und stellen die Reputation eines Mannes infrage, der schon zu Lebzeiten auf einem Podest steht.«

»So sieht es aus.«

Leonie kuschelte sich an Mops. »Und falls sein ganzer Erfolg auf eben diesen fragwürdigen Methoden basiert?«

»Dann wird es sehr schwer werden, das zu beweisen. Wenn wir wenigstens wüssten, dass er irgendwie biologisch mit Angelina und Chrispian zu tun hat, dann könnte ich damit zum Chef gehen.«

Leonie hatte eine Idee. »Die Sache mit der Erpressung. Dazu könntest du ihn doch schon befragen?«

»Ja. Ich denke, er wäre überrascht, wenn wir es nicht täten. Müller kann das machen. Ich glaube nicht, dass Schneider uns freiwillig viel weiterhelfen wird. Und er wird bestimmt keinem Gespräch unter vier Augen zustimmen.«

»Meinst du, dass wir es hinbekommen, dass Schneider eine Weile allein mit Müller im Raum ist?«

Mops sah Leonie fragend an. »Ich denke schon. Aber wozu?«

Leonie sagte es ihm.

* * *

Im Präsidium saßen sich Schneider und Müller gegenüber.

Schneider lächelte dünn. »Machen Sie sich keine falschen Hoffnungen. In einer halben Stunde spätestens bin ich wieder auf freiem Fuß.«

Müller blieb unbeeindruckt. »Was sollte dagegen sprechen? Sie sind nicht verhaftet oder einer kriminellen Handlung verdächtigt. Trotzdem wäre es nett, wenn Sie mir ein paar Fragen beantworten könnten.«

»Nur in Gegenwart meines Anwalts.«

»Wie Sie meinen.« Müller nahm eine Akte auf und begann, den Inhalt zu lesen.

»He!«

Müller reagierte nicht.

»Herr Müller!«

Müller sah über den Rand des Aktendeckels. »Ja?«

»Sie können mich doch nicht einfach ignorieren.«

»Ich weiß nicht, welche Vorstellung Sie von Polizeiarbeit haben. Ich werde nichts tun, weswegen Sie mich belangen können. Wir warten auf Ihren Anwalt. So, wie Sie es wollen.«

Leonie kam in das Büro, einen Becher Kaffee in der Hand. Sie näherte sich Schneider und reichte den Kaffee in seine Richtung, direkt auf die Nase zu. »Kaffee?«

»Nein, danke. Ich … passen Sie doch auf!«

Der Kaffee schwappte aus dem Becher. Schneider schlug danach, erwischte den Becher unten, was dazu führte, dass sich der größte Teil des Inhaltes über seinen Kopf ergoss.

»Au! Verdammt! Können Sie denn nicht aufpassen!«

Leonie ließ vor Schreck den Becher fallen und Schneiders Hemd und Hose bekamen den Rest ab.

»Verzeihung! Verzeihung!« Leonie stotterte und setzte den Zucker, Löffel sowie Papierservietten auf dem Schreibtisch ab. Sie schnappte sich ein paar Papierservietten und begann, Schneiders Kopf und Gesicht abzutupfen.

Schneider stieß sie grob zurück. »Au! Verdammt!« Er schnellte aus dem Stuhl. »Wollen Sie mich umbringen?«

»Nein. Nein«, flüsterte Leonie und wich zurück.

Die Schnittwunde an Schneiders Hals blutete leicht.

Leonie gewann ihre Fassung zurück. »Darf ich ihnen helfen? Sie sind am Hals verletzt.«

»Fassen Sie mich nicht an!«

Müller reichte Schneider eine Papierserviette. Schneider griff danach und tupfte sich den Hals ab.

Die Tür ging auf und Schneiders Anwalt erschien. Er sah sich um.

»Was ist hier passiert?«, forderte er zu wissen.

»Kaffee«, gab Müller zur Antwort. »Da ist ein kleines Malheur passiert.« Er räusperte sich. »Ich schlage vor, wir verschieben den Termin, bis sich alle beruhigt haben. Ich will nicht in Verdacht geraten, die Situation ausgenutzt zu haben.«

Der Anwalt nickte knapp. »Sehr vernünftig. Sie hören von mir. Ganz sicher.«

Schneider knüllte die Papierserviette zusammen und wollte sie zu Boden werfen. In letzter Sekunde überlegte er es sich anders und steckte sie in die Hosentasche.

Er sah Leonie kalt an. »Ich behalte mir vor, Sie wegen Körperverletzung zu verklagen.«

Leonie begann zu zittern.

Schneider drehte sich um und folgte seinem Anwalt aus dem Zimmer, nicht ohne die Tür kräftig zu schließen.

»Sind sie weg?«

Müller ging zur Tür, öffnete sie und sah hinaus. »Ja. Gerade im Aufzug verschwunden.«

»Sehr gut.« Leonie kramte mit der Linken in ihrem Laborkittel und zog eine Schatulle heraus. Sie legte sie auf den

Schreibtisch und öffnete sie mit der linken Hand, nahm eine Uhrmacherlupe heraus und klemmte sie ins linke Auge. Dann holte sie eine feine Pinzette aus dem Etui. Sie betrachtete ihre rechte Hand sehr genau.

»Bingo! Machen sie bitte das kleine Fläschchen auf. Aber nicht hineinfassen.«

Müller nahm das Fläschchen und hielt es Leonie hin.

Leonie sammelte mehrere kleine Hautfetzen aus ihren Fingernägeln und ließ sie sorgsam in das Fläschchen fallen.

»Fertig.« Müller verschloss das Fläschchen.

Leonie kramte erneut im Laborkittel und brachte ein paar Hygienetücher zum Vorschein, an denen sie sorgfältig die Pinzette und die Hände reinigte. Sie legte Pinzette und Lupe zurück und verschloss das Etui.

Sie atmete deutlich hörbar auf. »Sehr gut gemacht.«

»Ich hoffe, Sie wissen, was Sie tun. Ich wollte meine Karriere nicht auf einer Verkehrsinsel beenden.«

»Warum?« Leonie war die Unschuld selbst. »Sie haben genau das getan, was von Schneider erwartet wurde.«

»Da haben Sie auch wieder recht.«

Leonie nahm das Fläschchen und steckte es in die Tasche. »Sie fahren mich. Mir zittern noch die Knie.«

»Sieht man ihnen gar nicht an. Übrigens: Das ist ein ganz schöner Kratzer, den Sie Schneider da verpasst haben. Ich kann mich nicht erinnern, Sie jemals mit langen Fingernägeln gesehen zu haben.«

»Ihnen kann ich nichts vormachen, wie es aussieht.«

»Wenig.«

»Ich habe mit Sekundenkleber nachgeholfen.« Sie zeigte Müller ihre rechte Hand.

»Wow!«

Leonie lächelte eisig. »Wenn ich ihn hätte umbringen wollen, dann wäre ich mit Mops' Sense gekommen.«

* * *

»Wie sieht es aus?«

Klaus beugte sich über die Karte. »Gut. Wenn die Informationen stimmen, dann gibt es in den nächsten Tagen keine VIPs in der Klinik, die besonders geschützt werden. Alles konzentriert sich auf die Konferenz im Ort. Am normalen Sicherheitsdienst kommen wir ohne Probleme vorbei.«

»Und dann?«

»Dann machen wir, was wir geplant haben. Wir bringen das Transparent an und ketten uns an den Zaun. Franz holt dann die Presse. Die sind sowieso unten im Ort wegen der Konferenz der Stiftung, werden also schnell da sein.«

»Gut. Noch etwas?«

»Nicht das ich wüsste. Ganz wichtig: Lasst euch nicht in körperliche Auseinandersetzungen verwickeln. Wir wollen niemanden verletzen oder verletzt werden. Wir wollen aufmerksam machen.«

»Manchmal habe ich Zweifel, ob das, was wir tun, überhaupt Sinn ergibt. Es interessiert doch kein Schwein, dass ein paar wenige Leute die Welt nach ihren Vorstellungen gestalten wollen. Die hängen doch lieber bei Netload oder Supersport ab und lassen sich berieseln.«

Klaus‹ Augen blitzten. »Mag ja sein. Aber wir sind nicht jeder. Wir werden der Welt so lange auf die Nerven gehen, bis sie sich um ihre Anliegen kümmert.«

»Wären da direktere Maßnahmen nicht mediengeeigneter?«

»Doch, schon. Aber dann würden wir uns in unseren Methoden nicht von denen unterscheiden, gegen die wir sind.«

»Unsere Gegner scheinen da keine Skrupel zu haben. Chrispian und An...«

Klaus schnitt dem anderen das Wort ab. »Dafür gibt es

bisher keinen Beweis. Wir müssen hoffen, dass dieser Inspektor Mops an der Sache dran bleibt.« Er richtete seinen Blick wieder auf die Karte. »Wenn alle Stricke reißen, haben wir immer noch die Option auf die militante Variante des Widerstandes.«

* * *

Das Halbjahrestreffen der Stiftung fand, wie üblich, im Seehotel statt. Der Ort hatte sich in den letzten Jahrzehnten daran gewöhnt, dass Tage davor jede Menge Personen in auffällig unauffälliger Kleidung auftauchten, sowie dass fast jedes zweite Fahrzeug auf den Straßen zu irgendeiner Sicherheitsfirma gehörte. Wer von der Stadtbevölkerung es sich leisten konnte, war an diesen beiden Wochenenden im Jahr nicht da.

Schneider stand am Buffet mit dem Sekretär des Justizministers.

»Wie geht es Ihren Zwillingen?«

»Bestens. Seit einem Monat können sie laufen. Sie glauben gar nicht, welche Mühe unser Hauspersonal hat, ihrem Erkundungsdrang hinterherzukommen.« Er lächelte stolz.

»Das höre ich gern. An dieser Stelle auch mein herzlicher Dank, dass Sie die Arbeit des Hospitals und der Stiftung so generös unterstützen.«

Der Sekretär lachte verlegen. »Wissen Sie, das Leben eines Menschen, den man liebt, kann man nicht mit Geld aufwiegen.«

»Ich verstehe.«

Der Sekretär senkte den Ton. »Unangenehme Sache, das mit dem Tod zweier Ihrer Schützlinge und einer ehemaligen Angestellten. Gibt es da mittlerweile Erkenntnisse?«

»Leider nein. Die Ermittler machen ihre Arbeit, und natürlich bin ich zu den Vorfällen befragt worden.«

»In welcher Weise?«

»Die üblichen Nachforschungen. Ich hatte den Eindruck, dass man ziemlich im Dunkeln tappt.«

»Hat man Sie mit dem Tod der Personen in Verbindung bringen wollen?«

Schneider wiegelte ab. »So weit würde ich nicht gehen wollen. Abgesehen davon wurde ich um fachlichen Rat gebeten.«

»Aha?«

»Ja. Ich war ebenfalls überrascht. Ich hatte gedacht, dass manche meiner veröffentlichten Erkenntnisse mittlerweile den Weg in die Fachliteratur gefunden hätten. Aber hier scheinen Animositäten wichtiger zu sein als harte Fakten.«

»Wem sagen Sie das. Ich wünschte mir auch, dass manche Dinge deutlich pragmatischer erledigt werden würden, als wir es meinen, es uns leisten zu können. Und was sind die Folgen? Explodierende Kosten im sozialen Bereich, die wir alle zu tragen haben.«

Schneider lächelte. »Immerhin gibt es das eine oder andere legale Modell, das die Kosten verursachergerecht verteilt.«

»So ist es. Ich sage immer: Ein gutes Leben muss man sich auch leisten können.«

»Da werde ich ihnen nicht widersprechen.« Schneider nahm ein Glas vom Tablett, welches ein Bediensteter angeboten hatte. Er nippte am Wein. »Genieße die Gegenwart, denn sie kommt nicht wieder.«

Der Sekretär nahm sich ebenfalls ein Glas, um mit Schneider anzustoßen. »Und freue dich auf die Zukunft. Ich freue mich darauf. Eine Zukunft, in der die Starken endlich wieder über die Schwachen herrschen werden. Obwohl ich weiß, dass ich das wahrscheinlich nicht mehr erleben werde.«

Schneider nickte. »So ist das nun einmal. Die Weiterentwicklung des Menschen geschieht nicht von heute auf morgen. In ein oder zwei Generationen wird die Welt ganz anders aussehen. Dafür arbeite ich. Für Sie. Mit aller Kraft.« Er lächelte erneut auf eine seltsame Art und Weise. »Und wer weiß? Vielleicht gibt es eine Möglichkeit, an der Zukunft teilzuhaben.«

»Wie meinen Sie das?«

»Nein, nein. Sie kennen mich doch. Ich verkünde nur Ergebnisse, keine Visionen.«

»Das ist legitim. Halten Sie mich bitte auf dem Laufenden, was die Untersuchung der Todesfälle angeht.«

Schneider deutete eine Verbeugung an. »Das werde ich auf jeden Fall tun.«

»Dieser Inspektor Mops, der mit dem Fall betraut ist, soll ein ausgezeichneter Mann sein.«

Schneider zögerte. »Mops? Nicht Müller?«

»Nein, Mops. Da bin ich mir ganz sicher. Möglicherweise ist dieser Müller einer seiner Assistenten.«

»Ah, in Ordnung. Interessant. Ich meine, den Namen Mops in letzter Zeit einmal gehört zu haben. Allerdings nicht im Zusammenhang mit dieser Untersuchung. Seltsam. Ich werde dem nachgehen.«

»Irgendwelche Probleme?«

»Nein. Keine, mit denen ich nicht fertigwerde. Darf ich mich entschuldigen? Ich habe dort drüben den Bruder des Emirs gesehen. Ich schulde ihm noch eine Information bezüglich des Fortschritts seines Auftrages.«

»Aber natürlich. Danke für Ihre Zeit, und einen schönen Abend noch.«

* * *

Die zehn vermummten Gestalten hatten keine Schwierigkeiten gehabt, am Sicherheitspersonal vorbeizukommen, das das Gelände des St. Stylian Hospitals bewachte.

Einer der Vermummten lachte. »Die trinken lieber ihren Kaffee und gehen alle zwei Stunden raus, um nichts zu sehen.«

Die Gruppe schlug sich ein Stück vor dem Hospital links in die Büsche und näherte sich vorsichtig dem Waldstück, welches im Norden an das abgesperrte Gebiet nahe heranreichte.

»Das hab ich nie verstanden, warum die dort den Wald nicht gerodet haben.«

»Mach dir nichts vor. Die Kameras sehen ganz sicher auch im Dunkeln.«

Sie blieben in Deckung stehen. Fünfzig Meter vor ihnen lag der Zaun.

»Fertig?«, fragte der Anführer.

Niemand antwortete.

»Dann los!«

Die Gestalten verließen den Waldrand und liefen über die Grünfläche zum Zaun. Vier entrollten ein Transparent, das sie bisher getragen hatten, zwei andere bewarfen die naheliegenden Kameras mit Steinen.

Flutlicht ging an, sowie wie eine Alarmsirene, die einen Höllenlärm verbreitete.

Die anderen beschossen an einer anderen Stelle des Zaunes Kameras und Flutlicht mit Schleudern.

Das Gebäude im Innenbereich des Zaunes blieb ruhig. Niemand stürzte heraus, um sich den Angreifern in den Weg zu stellen.

Als die vier das Transparent am Zaun befestigen wollten, erhielten sie einen elektrischen Schlag, der sie umwarf. Das Gitter des Zaunes rauchte.

In der Ferne erklangen die Sirenen von Polizeifahrzeugen. Das Geräusch näherte sich schnell.

»Weg hier!«

* * *

»Doktor Schneider?«

»Ja. Fassen Sie sich kurz, ich bin in einer Veranstaltung.«

»Es hat einen Anschlag auf das Hochsicherheitsgebäude gegeben.«

»Konnte jemand in das Gebäude eindringen?«

»Nein. Es gab einen Unfall am Sicherheitszaun. Wahrscheinlich vier Tote. Die Idioten wollten ein Transparent anbringen. Ich verstehe das nicht. Der Zaun ist doch überhaupt nicht …«

»Wissen wir, wer die Eindringlinge sind?«

»Noch nicht sicher.«

»Gut. Sammeln Sie einen ein und lassen die anderen liegen. Sie wissen, wohin mit dem. Wurden Kameras oder Beleuchtung beschädigt?«

»Ja.«

»Sehr gut. Hören Sie mir genau zu: Es gab drei Opfer. Haben Sie verstanden: Drei.«

Am anderen Ende gab es eine kurze Pause. »Verstanden.«

»Falls Sie aufgefordert werden auszusagen, dann machen Sie das im Hauptgebäude. Kein Fremder betritt das Sicherheitsgebäude, bevor ich es explizit erlaube. Ist das klar?«

»Ja. Verstanden.«

»Freuen Sie sich. Sie und Ihre Schicht haben sich einen Urlaub verdient.«

Als die Polizei und die Rettungskräfte den Ort erreichten, lagen drei Gestalten regungslos im Gras.

* * *

Mops blickte Schneider grimmig an. »Sie deaktivieren jetzt den Sicherheitszaun.«

»Das werde ich nicht tun.«

»Hier steht eine Hundertschaft Einsatzpolizei. Und die bleibt hier, bis der Vorfall geklärt ist. Das sollte genug Sicherheit bieten. Ich will keine Diskussion und keine weiteren Toten. Verstanden?«

»Das kann ich nicht allein entscheiden.«

Mops winkte dem Leiter der Feuerwehr-Einsatzstaffel. Die Männer begannen, Trennscheren und Seilwinden aus den Einsatzfahrzeugen auszuladen.

Schneider sah dem alarmiert zu. »Was soll das?«

»Wir reißen den Zaun ab. Sie können ihn wieder aufbauen, sobald Sie dafür eine neue Baugenehmigung bekommen haben. Könnte dauern.«

Schneider holte sein Smartphone aus der Tasche und drehte Mops den Rücken zu. Eine Minute später erlosch die Flutbeleuchtung.

Mops seufzte. Die Einsatzkräfte finden an, eigene Leuchtmittel zu installieren.

»Ich will in spätestens dreißig Minuten die Aufzeichnungen der Kameras sehen«, sagte Mops laut und deutlich zu Schneiders Rücken.

Schneider drehte sich um. »Das ist ein biologischer Hochsicherheitsbereich. Alle relevanten Geräte befinden sich im Inneren.«

Mops riss sich zusammen. »Und was genau ist das Problem? Ist das Gebäude im Inneren kontaminiert, so dass niemand hinausdarf? Ich habe den Eindruck, dass Sie gerade versuchen, uns bei der Arbeit zu hindern.«

»Ich sehe, was ich für Sie tun kann.« Schneider telefonierte erneut.

* * *

Die Atmosphäre im Besprechungsraum im Hospital war alles andere als kooperativ. Mops hatte sich durchgesetzt. Am großen Monitor war ein Laptop angeschlossen. Schneider steckte einen USB Stick in den Laptop und öffnete das entsprechende Dateiverzeichnis. »Jede Datei enthält die Aufzeichnung einer Überwachungskamera bis zu dem Zeitpunkt, an dem sie zerstört wurde.«

Es war deutlich zu sehen, wie die zehn Personen sich aufteilten und mit dem Angriff auf den Zaun begannen. Die Flutlichter gingen an, nach und nach fielen einige der Kameras aus. Es gab es ein kurzes Flackern, dann waren alle Monitore dunkel.

Mops runzelte die Stirn. »Was soll das? Zurückspulen zum letzten Bild.«

Eine der Kameras zeigte vier der Angreifer, wie sie den Zaun berührten.

»Unser System ist ausgefallen bei dem Stromschlag«, entschuldigte Schneider.

»Wieso ist ein tödlicher Schlag ausgelöst worden?«

»Keine Ahnung. Eigentlich soll der Zaun nur grasende Schafe davon abhalten, sich der Anlage zu nähern. Oder Wildtiere.«

Mops sah nicht überzeugt aus. »Wann ist die Anlage das letzte Mal gewartet worden?«

»Vor etwa einem halben Jahr. Wir sind da sehr akribisch.«

»Aha. Und wie erklären Sie sich dann die drei toten Protestler?«

»Ich glaube nicht, dass ich erklären muss, wie Menschen, die Hausfriedensbruch und Sachbeschädigung begehen, durch einen Unfall als Folge von Sachbeschädigung zu Schaden gekommen sind.«

»Das lässt Sie also kalt?«

»Offen gesagt: Ja. Ich habe diese Verrückten nicht eingeladen. Falls es ihnen gelungen wäre, in das Innere des Gebäudes zu gelangen und – noch schlimmer – wieder heraus, dann hätten wir einen Grund gehabt, der mich nicht kaltgelassen hätte. Weil dann im schlimmsten Fall hier auf diesem Gelände niemand mehr am Leben gewesen wäre. Können Sie mir folgen?«

Mops nickte. »Kann ich. Werde ich aber nicht. Also gut!«

Er sah sich um. Seine Kollegen hatten im Moment offensichtlich keine weiteren Fragen. Sein Chef nickte unauffällig. Die Mitarbeiter Schneiders standen entweder teilnahmslos oder die Anweisung ihres Chefs abwartend herum. Mops erkannte die Ärztin, mit der er über die Samenspende gesprochen hatte, und zwinkerte ihr zu. Sie starrte geradeaus.

Mops zog seine Jacke zu. »Alle, die nichts zu tun haben, gehen jetzt schlafen. Das Hospital hat uns freundlicherweise einige Räume für unsere Arbeit bereitgestellt. Wir werden den Betrieb nach Möglichkeit nicht stören. Alle Befragungen erfolgen im Beisein von zwei Polizisten und einem Rechtsbeistand des Hospitals. So, wie bereits das Sicherheitspersonal befragt wurde und zur Zeit wird. An die Arbeit, oder gute Nacht, je nachdem.«

Mops winkte Müller zu sich, der gerade den Raum betreten hatte. Gemeinsam verließen sie das Hospital.

Müller sah durch den Zaun zum Gebäude. »Das sind ganz harte Hunde.«

»Wer?«

»Die Leute, die dort drin arbeiten. Name, Dienstgrad, Einheit. Sonst nichts.«

»Sind das Soldaten?«

»Mit Sicherheit ein paar ehemalige. Das Hospital hat die ganz legal über einen Sicherheitsdienstleister angeworben. Allerdings laufen die Verträge für das sogenannte Innenpersonal komplett über das Hospital. Ja, das ist alles sehr militärisch.«

»Na super.« Mops starrte zum Gebäude, das von den mitgebrachten Strahlern hell erleuchtet war. An der Wand standen die vier Geister der Toten und winkten ihm fröhlich zu. »Haben wir etwas über die Toten in Erfahrung bringen können?«

»Ja. Alles bekannte Aktivisten, teilweise vorbestraft wegen der üblichen Delikte: Hausfriedensbruch, Widerstand gegen die Staatsgewalt, Sachbeschädigung, Landfriedensbruch. Keine Körperverletzung.«

»Wie viele waren dabei?«

»Die Kollegen haben sich sofort nach der Identifizierung im Umfeld umgesehen. Nach jetziger Information acht bis zehn Personen. Wir sammeln sie morgen ein. Ich denke, die werden reden.«

»Gut. Wir werden alle morgen verhören. Müller?«

»Ja?«

»Ich habe so ein ungutes Gefühl. Als ob zu unseren bisherigen noch ein weiteres Rätsel hinzukommen wird.«

* * *

»Für die nächsten Jahre brauchen Sie sich keine Sorgen machen, wer Ihnen Essen und Unterkunft bezahlt«, orakelte Mops.

Der junge Mann, der ihm gegenübersaß, sah ihn unbeeindruckt an. »Wissen Sie, wenn man sich einmal für den

Kampf für eine wichtige Sache entschieden hat, dann gehört das dazu.«

»Ich mag Helden wie Sie. Lebe kurz und intensiv, stirb schnell. Nicht wahr?«

»Genau.«

»Verbrauchsmaterial in einem unerklärten Krieg gegen das Establishment. Zumindest hieß die andere Seite früher so.«

»Kann sein. Worauf wollen Sie hinaus?«

»Ich will wissen, ob irgendjemand von ihnen den Tod dreier Mitstreiter einkalkuliert hat oder sogar billigend in Kauf nahm.«

Der andere zeigte Überraschung. »Drei?«

Mops legte die Fotos der Toten auf den Tisch.

Der Mann sah sie mit sichtlicher Erschütterung an. »Was ist mit Klaus?«

»Welcher Klaus?«

»Klaus Hofer. Klaus war der Vierte, der das Transparent anbringen sollte. Ist er verletzt? So, wie er dalag, dachte ich, er ist ebenfalls tot.«

Mops sah auf seine Liste. »Mit Ihnen sind zehn Personen im Verdacht, an dieser Aktion teilgenommen zu haben. Klaus Hofer ist einer von ihnen. Bisher nicht auffindbar.«

»Das heißt, er liegt nicht irgendwo in einem Krankenhaus?«

»Soweit bekannt, nein.«

»Haben Sie das Gelände abgesucht? Nach dem Schlag kann er nicht weit gekommen sein.«

»Einen Erwachsenen hätten wir gefunden. Falls er sich natürlich bis zum Abhang geschleppt hat und abgestürzt ist, kann es sein, dass er niemals gefunden wird.«

Der Mann sah Mops aufmerksam an. »Für wie wahrscheinlich halten Sie das?«

»Sagen Sie es mir.«

»Ich habe nichts mehr zu sagen.«

* * *

»Und er hat auch nichts mehr gesagt. Genau wie die anderen.« Mops pikste eine Kartoffel auf, nahm sie in den Mund und kaute gemütlich zu Ende, bevor er weitersprach. »Alle anderen haben ähnlich reagiert. Und sie haben alle diesem Klaus die Idee für die Aktion in die Schuhe geschoben. Der eigentliche Plan, den nicht alle kannten, war, im Getümmel in das Gebäude einzudringen.«

»Um was zu tun?« Leonie schob ihren Nachtisch zurück.

»Anscheinend wollten sie Computer und Datenträger mitgehen lassen, um den Inhalt im Internet zu veröffentlichen.« Mops legte Messer und Gabel auf sein Tablett. »Ich habe keinen Appetit mehr.«

Leonie schüttelte den Kopf. »Hatte irgend einer von denen auch nur einen Schimmer, wie gefährlich diese Aktion hätte sein können?«

»Du meinst, vier Tote waren nicht genug?«

»Wieso vier?«

»Vergiss es. Für den Augenblick. Was wolltest du sagen?«

»Das wir alle sehr froh sein sollten, dass der Plan nicht funktioniert hat.«

»Hat Schneider auch gemeint. Er schien nicht besonders berührt von dem tödlichen Unfall gewesen zu sein.«

»Hätte mich auch gewundert. Erzählst du mir jetzt, warum du von vier Toten gesprochen hast?«

»Weil einer der Verdächtigen unauffindbar ist. Wir lassen seine Wohnung beobachten, aber da ist er bisher noch nicht aufgetaucht. Ich werde dort als Nächstes nachsehen. Willst du mit?«

»Warum? Das ist doch eher klassische Polizeiarbeit?«

»Wegen der Mitbewohnerin. Martha Schulz. Nun hat sie alle ihre WG-Kollegen durch Tod verloren. Seltsam. Nicht wahr?«

* * *

»Wenn Sie das nächste Mal kommen, wird Ihnen wohl niemand mehr die Tür aufmachen können.«

»Sie nehmen den Tod Ihrer Mitbewohner mit einer großen Gelassenheit hin.« Mops sah Martha fragend an.

»Das sieht nur so aus. Wissen Sie, das Schicksal ist ein mieser ... ach lassen wir das.« Martha nahm einen tiefen Zug aus ihrem Glas, das mit einer alkoholischen Flüssigkeit gefüllt zu sein schien.

»Wussten Sie, dass Ihr Mitbewohner an der illegalen ...«

»Notwendigen.«

»Dann kann ich mir den Rest des Satzes sparen.«

»Ja. Danke. Ja. Er hat die Aktion organisiert. Klaus war so stolz darauf, dabei sein zu dürfen.«

»Das verstehe ich nicht.« Leonie nahm das Glas, was Martha abgestellt hatte, in die Hand und roch am Inhalt. Sie schüttelte sich.

»Entschuldigen Sie, wenn ich ihnen nichts anbiete. Die Flasche ist leer. Klaus war nicht der Kopf. Er hat schon früher Kleinigkeiten gemacht. Hier hatte er die Informationen beigetragen.« Martha hatte Mühe, sich zu konzentrieren. »Wir haben die Informationen schließlich aus ... aus erster Hand bekommen.«

»Haben Chrispian oder Angelina jemals davon erzählt, wie es im Inneren des geschützten Gebäudes ausgesehen hat?«, fragte Mops.

»N... doch. Sie waren wohl als kleine Kinder ein- oder

zweimal dort zu Untersuchungen. Aber das war ohne viele …
Details. Nur, dass sie große Angst hatten. Seltsame Gerüche.
Komische Geräusche.«

»Ich denke, wir kommen morgen wieder.« Mops stand auf.
»Brauchen Sie Hilfe?«

Martha sah Mops aus glasigen Augen an. »Wobei?«

* * *

Als Mops und Leonie vor dem Haus standen, atmete Leonie
auf.

»Meine Güte. Wenn ich so viel getrunken hätte, dann
müsste der Notarzt kommen.«

Mops nickte. »Sie scheint ganz schön viel zu vertragen.
Und sie hat uns nicht alles gesagt.«

»Wie kommst du darauf?«

»Ist ganz einfach. Angelina und Chrispian waren Wunderkinder. Wenn die im Kindergartenalter im gesicherten
Gebäude waren, dann haben die nicht nur alles behalten,
sondern mit hoher Wahrscheinlichkeit auch das meiste
verstanden.«

»Und du meinst, sie haben es Martha und Klaus erzählt?«

»Mein Gefühl sagt ja.«

»Und warum rückt Martha dann nicht damit heraus? Sie
ist doch in keiner Weise verdächtig. Oder glaubst du, dass sie
an der Aktion beteiligt war?«

»Zumindest nicht direkt. Sie hat ein Alibi, an dem nicht
zu rütteln ist.«

»Schon seltsam, nicht wahr?«

Mops nickte grimmig. »Ja, allerdings. Trotzdem scheint ihr
das Verschwinden von Klaus nahegegangen zu sein. Näher
als der Tod der beiden anderen, obwohl sie mit Chrispian
eine Zeit liiert war.«

»Sie ist sicher, dass Klaus tot ist. Du hast es ihr nicht gesagt, da wir bisher nichts von ihm gefunden haben. Er ist einfach von der Bildfläche verschwunden.«

»Er ist tot.«

»Sicher?«

Mops starrte geradeaus. Nach einigen Sekunden nickte er. »Ja. Und ich weiß auch, wo er ist.«

»Hat er es dir gesagt?«

»Natürlich nicht. Es gibt aber nur einen Ort, an dem wir bisher nicht nach ihm gesucht haben.«

* * *

»Vergessen Sie es.« Mops' Chef sah Mops missmutig an. »Ich hatte heute netten Besuch von unserer Regierung. Schneider hat dorthin exzellente Beziehungen.«

»Macht er irgendwelche Schweinereien für den Staat?«

»Zumindest nichts Militärisches. Heißt es.«

»Können Sie recherchieren lassen, wie viele Mitglieder unseres Parlamentes, oder deren Lobbyisten, Kunde von Schneider sind oder Mitglieder der Stiftung? Unauffälliger als ich?« Mops grinste schräg. »Schneider und ich scheinen richtige Freunde geworden zu sein.«

»Das können Sie laut sagen. In Ordnung. Ich werde einen Kollegen damit beschäftigen, der ganz weit weg vom Schuss ist.«

»Und was kann ich noch tun?«

»Gar nichts. Wir werden das Gelände noch einmal gründlich absuchen. Aber dann gibt es keinen Grund mehr, aus dem wir dort länger anwesend sein könnten.«

»Können Sie den Zaun, die Kameras und die Sicherheitsanlage noch einmal gründlich überprüfen lassen? Ohne Beisein der Sicherheitskräfte des Hospitals?«

»Warum?«

»Mir will es nicht in den Kopf, dass rein zufällig Menschen dabei sterben, wenn sie ein Transparent am Zaun anbringen wollen.«

»Falls Sie recht haben, dann sind die Spuren wahrscheinlich schon beseitigt.«

»Trotzdem. Wurde die Sicherheitsanlage schon im abgeschalteten Zustand durchgemessen?«

»Keine Ahnung. Worauf wollen Sie hinaus?«

»Ich will auf gar nichts hinaus. Ich möchte nur sichergehen. Vielleicht gibt es ja dort einen Kondensator, der sich entladen hat und auflädt, sobald die Anlage wieder hochgefahren wird.«

»Sie meinen, da sollten einige Stunden zwischen Abschaltung und Messung vergehen?«

»Genau. Das Gebäude hat mit Sicherheit eine eigene Stromversorgung, mit der die Innenbereiche bei Stromausfall versorgt werden. Sicherheitstüren, Kühlanlagen, was weiß ich. Haben wir eigentlich die Baupläne des Gebäudes?«

»Im Prinzip ja. Allerdings sind die beinahe vierzig Jahre alt.«

»Und das kommt Ihnen nicht verdächtig vor?«

»Jetzt, wo Sie es sagen.«

»Die Anlage ist natürlich regelmäßig überprüft worden? Ich nehme an, dass dafür sogar erhöhte Anforderungen gelten.«

»Ganz sicher.«

»Chef. Wenn Sie sich das durch den Kopf gehen lassen, was wir gerade besprochen haben, dann müssten Sie mich für verrückt halten.«

Der Chef grinste. »Das tue ich sowieso.«

»Gut. Dann übertragen Sie bitte Müller den Fall. Der macht das ganz hervorragend.«

Der Chef war überrascht. »Wieso das? Ich habe mit keinem Wort gesagt, dass ich unzufrieden mit Ihrer Arbeit bin.«

»Und wem haben Sie das noch gesagt?«

Der Chef seufzte. »Allen, die es hören oder nicht hören wollten.«

»Dachte ich mir. Sie machen alle glücklich, wenn Sie sich jetzt breitschlagen lassen, mich von dem Fall abzuziehen. Vielleicht bekommen Sie da ein paar offizielle Zugeständnisse. Ich bin sicher, dass Schneider auf alles vorbereitet ist.«

»Gute Idee. Müller ist ein guter Mann. Aber manchmal etwas zu gradlinig.«

»Genau darum ist er der Richtige.«

»Und was wollen Sie machen, bis der Fall offiziell zu den Akten gelegt wird?«

Mops lächelte. »Sie sind der Chef. Lassen Sie sich etwas einfallen.«

* * *

»Was machen Sie hier?«

Mops drehte sich zur Sicherheitskraft, einem muskelbepackten Individuum, das in seiner Kleidung wie in einer selbstentworfenen Uniform aussah. Er hob das Messgerät.

»Meine Arbeit. Und Sie?«

»Zutritt zu diesen Räumen ist untersagt.«

»Wieso war die Tür dann offen?«

»Sie verlassen den Raum jetzt.«

Mops zuckte mit den Schultern. »Ist ja schon gut. Erst harmlose Demonstranten grillen und dann den Lauten machen, wenn ...«

Der Mann packte Mops am Kragen und drückte ihn gegen die Wand des Raumes. »Willst du was in die Fresse?«

»Von wem?«, krächzte Mops. »Da müssen Männer kommen.«

Überraschenderweise ließ der andere Mops los und trat einen Schritt zurück. Er strich seine Jacke glatt. »Entschuldige. Aber der Unfall geht uns allen an die Nerven. Wir sollen die Einrichtung schützen. Nicht Kinder umbringen.«

»Wieso habt ihr den Zaun dann unter Starkstrom gesetzt?«

»Das können wir gar nicht.«

Mops sah den Mann erstaunt an.

»Es gibt hier keine Einrichtung dafür. Glaub mir. Ich arbeite seit fünf Jahren hier und kenne alle Teams und Schichtleiter. Na ja, vom Sehen bei der Ablösung, um genau zu sein. Wenn draußen randaliert wird, dann schalten wir das Flutlicht ein und verrammeln die Tür. Falls es jemand trotzdem schaffen sollte, in das Gebäude zu kommen, dann halten wir ihn auf. Aber erst dann.«

»Dann erklär mir bitte, wo der Strom dafür herkommt.«

»Keine Ahnung.«

»Warst du in der Nacht im Dienst?«

Der Mann schüttelte den Kopf. »Nein.«

»Und deinen Kumpels ist auch nichts Ungewöhnliches aufgefallen?«

Das Gesicht des Mannes wurde abweisend. »Niemand erzählt, was während seiner Schicht passiert ist. Es ist nicht gesund, mehr zu wissen, als für die Arbeit notwendig ist.«

Mops nickte. »Klare Ansage. Danke. Dann mache ich mal weiter.«

Der Mann gab den Weg zur Tür frei. »Sicher. Aber nicht hier drin. Dafür musst du schon mehr mitbringen als dein Werkzeug.«

Mops verließ den gesicherten Bereich und schlenderte zum Hauptgebäude des Hospitals. Auf dem Weg begegnete ihm die Ärztin, die ihn wegen der Spermaprobe betreut hatte. Zuerst war sie sich nicht sicher, dann ignorierte sie die Elektrikermontur.

»Sie haben mich ganz schön an der Nase herumgeführt«, sagte sie.

»Wieso? Ich habe nicht verheimlicht, wer mein Arbeitgeber ist.«

Die Ärztin kniff das linke Auge zusammen. »Das war aber schon die einzige wahrheitsgemäße Information.«

»Nein. Ich heiße tatsächlich Mops. Ich kann nichts dafür.«

»Wieso laufen Sie jetzt hier in Monteurkleidung herum?«

»Weil ich mit den anderen Monteuren die Elektrik des gesicherten Bereiches überprüft habe.«

»Aha.« Es klang nicht, als ob sie ihm das abnehmen würde. Mops seufzte. »Also gut. In letzter Zeit sind einige Personen, die mit dem Hospital zu tun hatten, zu Tode gekommen. Ein paar mehr, als es üblicherweise in einer Einrichtung, die neues Leben ermöglicht, sein sollte. Da ist es doch wohl nachvollziehbar, dass Leute wie ich sich darum kümmern. Oder?«

Die Ärztin wich Mops' Blick aus. »Darüber kann ich nichts sagen.«

»Aber gehört haben Sie schon von Vera Wagner und ihrem Adoptivsohn und von Angelina Weiß?«

»Haben Sie eine Ahnung, wie viele Personen wir jedes Jahr betreuen?«

»Nein. Sagen Sie es mir.«

Sie lächelte gequält. »Betriebsgeheimnis. Das sieht nur der Steuerprüfer.«

»Lassen Sie mich raten: Er ist Kunde des Hauses.«

»Ja.«

»Gibt es irgendeinen relevanten Beruf, der dieses Haus schützt, welcher nicht in dieser Stiftung vertreten ist?«

»Ich glaube nein. Vierzig Jahre sind eine lange Zeit.«

Mops wurde hellhörig. »Was wollen Sie damit sagen?«

»Nichts. Nur, dass vierzig Jahre eine ziemlich lange Zeit sind. Und dass jemand, der fokussiert arbeitet, in so einer langen Zeit sehr viel erreichen kann.«

»Wie lange arbeiten Sie im Hospital?«

»Fünf Jahre. Ich habe nach dem Vorfall mit dem Zaun gestern gekündigt.«

»Warum? Es dürfte kaum einen Ort auf der Welt geben, in dem die Entwicklung bestimmter Dinge so vorangetrieben wird wie hier. Ist das Arbeitsklima so schlecht?«

»Nein. Im Gegenteil.«

»Aber?«

»Darüber darf und will ich nicht reden.«

Mops nickte. »Gut. Ich will Sie nicht drängen. Aber Sie erwecken schon den Eindruck, dass hier Dinge passieren, die nicht Ihre Zustimmung gefunden haben.«

»Ja.«

»Geheimnisse? Über die ärztliche Schweigepflicht hinaus?«

»Das könnte ich nicht belegen.«

Mops wagte einen Schuss ins Blaue. »Doppelte Buchhaltung? Das genetische Material betreffend vielleicht?«

Die Ärztin sah sich unauffällig um. »Dafür gibt es keinen Beweis. Es kommen auch Fehler vor. Proben verschwinden manchmal.« Sie schauderte.

»Gibt es im Hospital einen Ort, der Ihnen Angst macht? Einen Ort, den Sie noch nie betreten haben? Einen Ort, den Sie nie betreten wollen?«

»Ich glaube ja.«

»Sie glauben?«

»Ich weiß es nicht. Halten Sie mich für überspannt, aber ich habe manchmal das Gefühl, dass es in einigen Etagen mehr Türen gibt, als zu sehen sind. Spuren, die vor einer Wand enden.«

»Aber keine Fugen?«

»Sie sagen es.«

»Hatten Sie jemals den Eindruck, das Doktor Schneider einige – sagen wir einmal – ungewöhnliche Mitarbeiter beschäftigt.«

Wieder das Schaudern. »Viele seiner Mitarbeiter sind ungewöhnlich. Die meisten ungewöhnlich begabt.«

»Einige auch ungewöhnlich in ihren Ansichten?«

»Ja.«

»Gibt es so etwas wie einen inneren Kreis? Was nicht unbedingt die Geschäftsleitung sein muss.«

»Ich vermute es. Ein paar Kollegen sind mir unheimlich.«

»Das zu merken haben Sie fünf Jahre gebraucht?«

»Nein. Wenn man neu ist, schiebt man das erst einmal auf die eigene Unerfahrenheit. Dann geht man denen aus dem Weg, so weit es der Dienst zulässt. Aber in letzter Zeit ...«

»Ging das immer schlechter.«

»Ja.«

»Wurden oder werden Sie bedrängt? Oder gemobbt?«

»Ich glaube nicht, dass das die Sache trifft. Es liegt eine Spannung über dem Haus. Als ob es auf etwas wartet.«

»Vielleicht einfach eine neue, große Entdeckung? Verständlich, dass das eingeweihte Personal da sehr nervös ist, dass jemand etwas verraten könnte.«

»Falls dem so ist, dann habe ich nichts, was ich verraten könnte. Der Kreis, der die Spezialprojekte betreut, ist handverlesen.«

»Spezialprojekte?«

Die Ärztin wandte sich zum Gehen. »Ich weiß nichts. Und ich will es auch nicht wissen.«

»Zum Hospital geht es dort entlang.«

Ein Taxi hielt an der Straße.

»Passen Sie auf sich auf.« Die Ärztin beschleunigte ihre Schritte. Es sah aus, als ob sie lieber gerannt wäre.

Mops wartete, bis das Taxi abgefahren war. Dann telefonierte er mit Müller. »Ich gebe Ihnen die Taxinummer und den Namen des Fahrgastes durch. Fragen Sie nach, wohin der Fahrgast will. Lassen Sie die Frau rund um die Uhr überwachen.«

* * *

Mops betrat das Hauptgebäude und meldete sich am Empfang. »Ich soll hier die Hauptsicherungen prüfen.«

Der Mann am Empfang war skeptisch. »Wieso das denn? Der Unfall ist doch drüben passiert.«

»Schon. Aber die Ursache ist noch unbekannt. Nochmal kontrollieren kann doch nicht schaden, oder?«

»Da haben Sie auch recht.«

Er ließ Mops durch die Schleuse und zeigte ihm den Aufzug. »Zweites Untergeschoss. Dann links. Nach fünf Metern auf der linken Seite.«

»Danke.«

* * *

Mops öffnete den Schaltkasten. »Hm. Ich weiß ja, dass Krankenhäuser höhere Anforderungen haben, was die Energieversorgung und Sicherheit angeht. Aber das sieht mir ziemlich überdimensioniert aus.«

Er strich vorsichtig über die Schalttafel. Kein Stäubchen war zu sehen.

Ein Luftzug ließ seine Nackenhaare kribbeln. Den Stich spürte er kaum.

* * *

»Moooops. Ich hatte mehr von dir erwartet.« Angelina konnte ihre Enttäuschung nicht verbergen.

»Ich auch. Von dir.«

»Du weißt, dass ich dir nicht helfen darf.«

»Ich bin erst dann tot, wenn ich tot bin.«

»Du hast ein großes Selbstvertrauen.«

»Nein. Reine Statistik. Solange ich lebe, bin ich nicht tot. Außerdem komme ich der Sache jetzt langsam näher, wie es scheint.«

Angelina war nicht überzeugt. »Wenn das nächste, was du scheinen siehst, ein weißes Licht ist, dann hast du dich geirrt.«

»Danke für deine tröstenden und motivierenden Worte. Du warst schon einmal hier?«

Angelina schüttelte den Kopf. »Nein. Das, was hier ist, war früher im anderen Gebäude.«

»Und wieso verrätst du mir das jetzt?«

»Weil diese Information für dich keinen Wert mehr hat.«

»Du willst also nur die Zeit überbrücken, bis ich wieder aufwache?«

»Du glaubst gar nicht, wie langweilig es ist, hier zu sitzen und auf das Ende der Geschichte zu warten.«

»Ich könnte dir einen Tipp geben.«

»Wirklich?«

»Ja. Wirklich.«

»Wenn du mir meine Sense holst.«

Angelinas Geist lachte. »Mops! Du bist unmöglich! Wie soll ich als Geist einen materiellen Gegenstand so weit bewegen?«

»Das würde ich nie verlangen.«

»Aber du hast doch gerade …«

»Es ist eine besondere Sense.«

Angelina überlegte. »Ich glaube, ich weiß, was du meinst. Aber verstößt das nicht gegen die Regeln?«

»Dieser Schneider verstößt auch gegen die Regeln. Dauernd. Er hat besondere Fähigkeiten, nicht wahr?«

»Sicher. Sonst wäre er nicht der, der er ist.«

»Ich habe ebenfalls besondere Fähigkeiten. Oder willst du etwa behaupten, unser Gespräch wäre etwas vollkommen Normales?«

»Ich habe das Gefühl, dass du mich argumentativ in die Ecke zu drängen versuchst.«

»Nein. Das habe ich bereits getan. Also: Du, oder ihr, beschafft mir die imaginäre Repräsentation meiner Sense. Und ich erzähle euch, wo ihr euch bis zum Abschluss des Falles eine schöne Zeit machen könnt. Egal wie der Fall ausgeht.«

»Das ist Bestechung.«

»Sicher.«

»Also gut. Dir ist klar, dass die Sense imaginär bleibt? Warum willst du sie?«

Mops Geist lächelte. »Falls ich hier tatsächlich sterben sollte, fällt mir bestimmt etwas ein. Wetten?«

* * *

Schneider öffnete die Tür zur Zelle. Er hatte eine Pistole in der Hand, die auf Mops zeigte.

»Machen Sie keine Schwierigkeiten. Wenn Sie aufstehen, dann sind Sie tot.«

Mops stöhnte und setzte sich mühsam auf die Liege. »Geiles Zeug haben Sie.«

Schneider lächelte geschmeichelt. »Und ob.«

»Was soll das? Wieso liegt Ihnen daran, für den Rest Ihres Lebens hinter Gitter zu kommen?«

Schneiders Lächeln blieb. »Sie verkennen die Situation.« Mops rieb sich das Gesicht und schüttelte den Kopf, um seine Benommenheit abzuschütteln.

»Sie sind mit Chrispian verwandt, richtig? Und auch mit Angelina.«

»Teilweise.«

»Ich nehme an, Sie sind der väterliche Teil. Auch wenn die genetischen Untersuchungen da nicht hinreichend genau waren.«

Schneider schüttelte den Kopf. Er schloss die Tür und setzte sich auf den Stuhl, der daneben stand.

»Ihre Mitarbeiterin hat einen ausgezeichneten Job gemacht.« Er rieb sich die noch gut erkennbare Kratzwunde am Hals. »Ich werde mich bei Gelegenheit dafür bedanken. Nein. Die Analyse ist korrekt. Sie haben das Ergebnis nur nicht richtig interpretiert. Ich bin, wie ich schon sagte, teilweise mit den beiden verwandt. Genauer gesagt habe ich einen Teil des väterlichen Genoms beigetragen.«

»Ich habe Schwierigkeiten, mir die biologischen Details vorzustellen. Obwohl ich sonst recht fantasiebegabt bin.«

»Es gibt keine biologischen Details. Nur technische. Die Befruchtung fand im Reagenzglas statt.«

»Ich erinnere mich an eine Biologiestunde, in der davon gesprochen wurde, dass nur ein einziges Spermium die Befruchtung vornimmt.«

Schneider nickte. »Das ist richtig. Es trägt die genetische Information der väterlichen Seite. Diese Information können Sie sich wie einen Anzug vorstellen, der dann, zusammen mit dem weiblichen Element, vom gezeugten Lebewesen getragen wird. Ich habe diesen Anzug nach meinen Vorstellungen – entschuldigen Sie das Wortspiel – maßgeschneidert.«

»Nomen est Omen, wie es scheint. Diese Technik ist, wie ich recherchiert habe, aber erst seit einigen Jahren bekannt. Einmal unterstellt, dass ich Ihnen das abnehme. Wieso haben dann nicht Sie den Nobelpreis erhalten?«

Schneider lächelte verächtlich. »Weil ich mich mit solchen Kleinigkeiten nicht aufhalte. Eine Million dafür bekommen, dass jeder zweitklassige Student dann die Idee und das Verfahren stehlen kann? Nein. Glauben Sie mir, so ist das viel lukrativer. Es hat mir Möglichkeiten eröffnet, von denen meine minderbemittelten Fachkollegen nicht einmal träumen können. Chrispian und Angelina waren so etwas wie die Null-Serie. Ich habe das Verfahren seitdem entscheidend verbessert. Die kommenden Produkte werden perfekt sein. Sie werden all das leisten können, was bestellt wurde.«

»Um bei Ihrem Beispiel zu bleiben: Es war schon immer etwas teurer, einen besonderen Geschmack zu haben. Maßanzüge zum Beispiel.«

»Sie haben es erfasst.«

Mops nickte. »Ich habe verstanden. Auf Sie wartet nicht das Gefängnis, sondern die geschlossene Abteilung eines Hochsicherheitsirrenhauses. Sie sind verrückt. Sie maßen sich an, mit Gott bei der Evolution zu konkurrieren.«

Schneiders Grinsen wurde breiter und breiter. Er schüttelte den Kopf. »Sie haben keine Ahnung. Gott ist ein Stümper. Es mangelt ihm an Eleganz und Perfektion. Ich habe seine miserablen Entwürfe überarbeitet und an die Bedürfnisse der Menschheit angepasst.«

»Dann wäre das ja geklärt. Wie haben Sie eigentlich die Morde an Chrispian, Angelina und Vera begangen? Nur interessehalber? Damit ich auf den Skatabenden im Jenseits etwas zum Erzählen habe? Ich nehme an, Sie haben sie vergiftet.«

»Das ist eine Sache des Standpunktes. Ich habe sie mit etwas getötet, was nur für sie bestimmt war. Kein anderer Mensch ist damit in Gefahr gebracht worden. Wenn Sie meinen Ausführungen folgen konnten, dann haben Sie die Antwort.«

Mops überlegte eine Weile. Seine Gesichtsfarbe wurde heller, als es durch seinen körperlichen Zustand erklärbar war.

»Sie haben das Gift für die jeweilige Person erstellt. Richtig?«

»Richtig.«

»Ich nehme an, dass das bei Chrispian und Angelina leicht, bei Vera etwas schwerer war?«

»Sie sind auf der richtigen Spur.«

»Für jeden Menschen, der nach Ihrem Bauplan gefertigt wurde, können Sie ein persönlich wirksames Gift erstellen. Oder haben es bereits.«

»So ist es. Wie die IMEI-Nummer von Ihrem Smartphone. Wenn die Telefongesellschaft sie nicht mehr mag, dann sendet sie ein Signal, und ihr Telefon ist tot.«

Mops legte sich auf die Liege. »Danke für das Gespräch. War nett, Sie kennengelernt zu haben. Wann gedenken Sie, mich zu entsorgen?«

Schneider stand auf und öffnete die Tür. »Ich weiß noch nicht wann. Aber Sie werden es als Erster erfahren.«

Er verließ den Raum und schloss die Tür ab.

Sobald Schneider weg war, stand Mops auf und ging zur Tür. Wie erwartet, war sie sowohl abgeschlossen als auch zu massiv, um daran zu denken, sie von innen mit Gewalt öffnen zu können. Das Belüftungsloch der Klimaanlage an der Decke war ebenfalls zu klein, um sich näher damit zu beschäftigen. Immerhin gab es im Verlies einen getrennten Sanitärraum. Das Ambiente erinnerte mehr an ein Krankenzimmer als an ein Gefängnis.

Chrispian setzte sich auf den Stuhl.

»Nett, dass du mir Gesellschaft leistest«, meinte Mops, ohne den Mund zu öffnen.

»Gerne.«

»Mir geht ein Satz von Schneider nicht aus dem Kopf. Der mit der Seriennummer und dem Handy.«

»Was genau meinst du damit?«

»Dass Schneider mir nicht die volle Wahrheit gesagt hat. Er hat die Morde gestanden. Aber ich kann mir irgendwie nicht vorstellen, dass er wirklich dafür Gift gemischt hat.«

»Warum?«

»Weil es in seiner Gedankenwelt ein zu primitives Mittel gewesen wäre. Er hat vor über zwanzig Jahren etwas getan, was damals nach allgemeiner Vorstellung erst in ferner Zukunft möglich sein sollte. Ich habe den Eindruck, dass er diesen Vorsprung gehalten hat.«

»Klingt interessant. Fahr fort.«

»Weißt du, ich bin eher der handwerkliche Typ. Sense und so.«

Chrispian lächelte ironisch. »Tod ist ein Handwerk, keine Wissenschaft. Genau wie Medizin.«

»Wenn du es sagst. Und rein handwerklich betrachtet fällt mir bei Schneiders Ausführungen der Begriff ›Sollbruchstelle‹ ein. Und ›Geplante Obsoleszenz‹.«

»Hört sich an, als ob er einen Weg gefunden hätte, ein paar der größten Probleme der Menschheit zu lösen.«

»Ich fühle mich nicht wohl dabei, wenn ich daran denke, dass Menschen, die ich nicht kenne, mich einfach nach

Gebrauch wegwerfen können. Oder falls denen meine Nase nicht mehr passt.«

»Vielleicht ist das das nächste Level von Ethik und Moral? Der nächste Schritt in der menschlichen Entwicklung?«

»So wie du das sagst, hört es sich ziemlich zynisch an.«

»Das ist deine Interpretation. So wie es aussieht, bist du nicht mehr in der Lage, dagegen zu protestieren.«

»Wieso hat Schneider mich dann nicht einfach umgebracht? Die Möglichkeit hatte er.«

»Das ist doch naheliegend.«

Mops legte sich hin und schloss die Augen.

»Was hast du vor?«, fragte Chrispian.

Mops lächelte. »Schneider hat einige Eigenschaften, die über die Vorstellungskraft der meisten Menschen hinausgehen. Da ist er aber nicht der Einzige.«

»Du wirst in diesem Zusammenhang nicht fähig sein, selbst an die Sense zu kommen.«

»Ich weiß.«

* * *

»Was soll das heißen? Sie haben Ihren Chef seit Tagen nicht gesehen, obwohl sie am selben Fall arbeiten?«

»Das ist nicht richtig so.« Müller sah Leonie überrascht an. »Hat er mit Ihnen nicht darüber gesprochen?«

»Worüber?«

»Dass er den Fall abgegeben hat. Seit drei Tagen darf ich mich allein darum kümmern.«

Nun war es an Leonie, überrascht auszusehen. »Nein. Hat er nicht.«

»Das wundert mich. Ich dachte, sie hätten keine Geheimnisse voreinander.«

»Er weiht mich nicht in alles ein. Da haben wir eine klare

Vereinbarung. Wenn ich es nicht wissen muss, dann erzählt er es auch nicht. Genauso mache ich das auch mit meinen Sachen. Ich denke, wir sehen zusammen so viel Unangenehmes, dass man sich nicht noch die gemeinsamen Abende mit den anderen Details verderben muss.«

»Kann ich verstehen.« Müller kratzte sich am Kopf. »Aber ich entnehme Ihren Ausführungen, dass auch Sie Inspektor Mops seit drei Tagen nicht gesehen haben.«

Leonie nickte. »So ist es. Wir waren gestern verabredet. Üblicherweise ruft er an, wenn ihm etwas dazwischenkommt.«

Müller beschäftigte sich eine Minute mit seinem PC. »Urlaub hat er keinen. Seltsam. Ich hätte von ihm auch eine Rückmeldung erwartet.«

Leonie setzte sich auf den Schreibtisch. »Was habt ihr Spezialisten euch ausgedacht?«

»Inspektor Mops wollte sich das Gelände des Hospitals noch einmal ohne Polizeimarke ansehen.«

»Und ohne Durchsuchungsbefehl, nehme ich an.«

»So ist es.«

»Ihr seht zu viele schlechte Krimis.«

Müller wiegelte ab. »Nein.«

»Ihr seht nur gute Krimis?«

»Es war nicht geplant, irgendetwas Ungewöhnliches zu tun. Mops hat sich in das Prüfteam für die Elektrik aufnehmen lassen.«

»Und?«

»Das hätte er sich sparen können.«

»Warum?«

»Ich habe den Schichtplan des Sicherheitspersonals bekommen. Die Leute, die das gesicherte Gebäude bewachen, arbeiten in komplett getrennten Schichten. Keine Überschneidungen, keine Urlaubs- und Krankheitsvertretung. Mit anderen Worten: Die sehen sich nur zur Schichtübergabe.

Und die Schicht, in der der Unfall passierte, hat seltsamerweise nach den Befragungen länger Urlaub.«

»Ich mache mir Sorgen.«

»Ich auch. Dieser Schneider ist uns bisher immer drei Schritte voraus gewesen.«

»Was mich mehr als das besorgt, ist, dass er uns immer ein paar Tote voraus ist.«

»Dafür gibt es keinerlei Beweise. Bei aller Kollegialität: Unsere Untersuchung läuft derzeit auf Goodwill-Basis des Amtsleiters. Wir haben absolut nichts in der Hand außer einem schlechten Bauchgefühl. Und …«

Leonie nickte. »Ja, ich weiß. Die anderen Argumente kann man wohl kaum jemandem erklären, der sie nicht selbst erlebt hat.«

»Sie sagen es. Aber gut. Ich weiß zumindest, was er als Letztes vorhatte. Ich höre mich um.«

»Danke.«

Finale

Leonie öffnete die Tür und bat Müller hinein.

»Was kann ich für Sie tun?«

»Ich brauche Ihre Unterstützung.«

»Wobei?«

»Mops hat das Klinikgebäude betreten und ist dort nicht wieder herausgekommen.«

Leonie seufzte nur. »Machen wir es uns bequem. Sieht so aus, als müssten Sie mich mit ein paar Details versorgen.«

»Sie halten es für ausgeschlossen, dass Mops sich einfach wieder herausgeschlichen haben kann? Weil er vielleicht etwas tun will, mit dem er niemanden seiner Kollegen belasten will?«

»Selbst wenn es so wäre, dann müsste ich versuchen herauszubekommen, was das ist.«

»Da haben Sie auch wieder recht.«

»Danke. Entschuldigen Sie die Frage, aber Sie scheinen sich im Moment keine Sorgen um Mops zu machen.«

Leonie sah Müller ernst an. »Doch. Das tue ich. Seit er von dem Fall abgezogen wurde. Aber … wie soll ich es ausdrücken … ich habe nicht das Gefühl, dass er sich in akuter Lebensgefahr befindet. Also in der Art, dass jemand mit einem Messer bei ihm steht, das er in den nächsten Sekunden benutzen würde.«

»Weibliche Intuition?«

Leonie schüttelte entschieden den Kopf. »Nein. Aber seit

dem letzten Fall sind wir auf irgendeine Weise miteinander verbunden.«

»Dass sie miteinander gehen weiß die ganze Abteilung.«

»Es ist … tiefer.« Leonie verfiel in Schweigen.

»Es dürfte ziemlich schwierig sein, jemanden zu finden, der auf ähnliche Weise wie Mops … anders ist.« Müller wiegte mit dem Kopf hin und her. »Nur für den Fall, dass wir auf … ungewöhnliche Methoden zurückgreifen müssten, um ihn aufzuspüren.«

»Das stimmt. Auf der anderen Seite ist dieser Schneider uns auf eine Art und Weise haushoch überlegen, die ich nicht mehr als normal ansehen würde. Ich frage mich, ob das allein mit seinen eigenen Fähigkeiten zu erklären ist. Oder ob er Unterstützung von einer Seite erhält, die gar nicht am Spiel beteiligt sein dürfte.«

»Das ist ziemlich weit hergeholt.«

»Mag sein.« Leonie lächelte knapp. »Aber wir haben die Möglichkeit, es herauszufinden.« Sie stand auf. »Gehen wir.«

»Wohin?«

»Zu Mops. Ich muss etwas abholen. Und unterwegs überlegen wir, wie wir unbemerkt in das Gebäude hineinkommen.«

Leonie hielt die Sense am ausgestreckten Arm und betätigte den Auslösemechanismus. Die Klinge schnappte nach oben.

Müller zuckte zusammen.

Leonie sah missmutig auf den glänzenden Stahl, der sich wenige Zentimeter vor ihrer Nase befand. »Egal ob Sense oder USB-Stick. Immer erwische ich die falsche Seite zuerst.« Sie drehte die Klinge von sich weg, schloss die Augen und entspannte sich. »Das ist schlecht«, meinte sie nach ein paar Sekunden.

»Was ist schlecht?«

Leonie öffnete die Augen und klappte die Schneide vorsichtig wieder ein. »Die Sense hat ein gefühlt unheimlich großes Gewicht. Als ich das letzte Mal mit Mops trainiert habe, war es einfach eine Sense.«

»Aha.«

»Und dieses Gewicht zieht.«

»Aha?«

Leonie nahm die Sense hoch, ohne das irgendetwas von dem, was sie eben gesagt hatte, zutreffend erschien. »Fahren wir. Ich glaube, dass Mops an die Sense denkt. Wenn wir nahe genug an ihn herankommen, dann hilft uns das vielleicht, ihn zu finden.«

Müller nickte. »Von daher sollten wir froh sein, dass es so funktionieren könnte.«

»Nicht wirklich. Denn falls das funktioniert, dann wird es andere Dinge geben, die ebenfalls so funktionieren und nicht in unserem Sinne sind. Es gibt immer einen Ausgleich der Kräfte.«

* * *

Leonie und Müller standen im Dunkel des Waldes und beobachteten den Zaun. Er war repariert worden, die Vorfeldbeleuchtung war eingeschaltet und die neuen Kameras gut sichtbar.

Müller schüttelte den Kopf. »Da kommen wir nicht unbemerkt rein.«

»Nein. Ganz sicher nicht. Und wenn wir versuchen, das Gebäude zu stürmen? Ich könnte mir vorstellen, dass der Zaun der Sense keinen ernsthaften Widerstand bietet.«

»Dann aber ganz bestimmt das Wachpersonal. Es sei denn, Sie wären unsterblich.«

»Damit würde ich nicht rechnen.« Leonie hatte einen Einfall. »Sagen Sie mal: Dieser Klaus wurde doch nicht gefunden.«

»Das ist richtig.«

»Und aus dem gesicherten Gebäude ist niemand herausgekommen, bevor die Polizei vor Ort war.«

»Auch das ist richtig. Falls niemand die Schleusenaufzeichnungen manipuliert hat.«

»Aber zwischen der Flucht der Aktivisten und der Ankunft der Polizei lagen doch bestimmt ein paar Minuten.«

»Ja. Auch das ist richtig.«

»Und was schließen Sie daraus?«

Müller schlug die Hand an die Stirn. »Das wir an der falschen Stelle gesucht haben.«

Leonie stimmte zu. »Es wäre zumindest möglich. Ich meine einmal gehört zu haben, dass man etwas am Besten dort verstecken kann, wo es alle sehen.«

»Sie meinen, dieses Hochsicherheitsgebäude ...«

»Ist ein Hochsicherheitsgebäude. Deshalb fokussiert sich jeder darauf. Und Schneider macht seine Spielchen. Irgendwann gibt es einen Durchsuchungsbefehl, den er nicht verhindern kann, und zähneknirschend lässt er uns sehen, was er uns zeigen will. Alles Show.«

»Aber seine Forschungen?«

»Die sind schon real. Aber ich bin sicher, dass die wirklich interessanten Sachen sich nicht innerhalb dieses Gebäudes befinden.« Sie zeigte in Richtung des Hospitals. »Sondern dort.«

»Und Mops?«

Leonie stieß die Sense in den Boden und verharrte für eine Minute. »Es fühlt sich an, als ob er näher wäre. Das kann aber auch dadurch bedingt sein, dass ich meine, eine Erklärung gefunden zu haben.«

144

»Was machen wir jetzt?«

Leonie lächelte falsch. »Jetzt gehen wir in das Hospital und suchen nach dem verborgenen Teil des Gebäudes. Was meinen Sie?«

Müller nickte zustimmend. »Den Empfang können wir wahrscheinlich für eine Weile festsetzen. Aber irgendwann kommt Schneider mit Verstärkung. Und wenn wir bis dahin keine Ergebnisse haben, können wir uns einen neuen Job suchen.«

»Glauben Sie im Ernst, dass Schneider das zulassen wird?«

»Sie meinen …?«

»Er wird versuchen, uns aus dem Weg zu räumen. Allerdings kann ich mir nicht vorstellen, dass er viele Mitwisser hat. Von daher haben wir eine Chance.«

»Ist das jetzt Wunschdenken?«

»Ja. Sind Sie dabei?«

»Sie wollen doch nicht etwa alleine mit der Sense los?«

»Wollen Sie versuchen, mich aufzuhalten?«

Müller überlegte kurz. »Nein. Aber ich möchte vorher noch einen Anruf tätigen. Halten Sie mich für altmodisch, aber ich möchte gerne wissen, wo ich begraben werde. Zehn Minuten? Bis das Sondereinsatzkommando anrücken soll?«

»Eine Stunde.«

»Fünfzehn Minuten.«

»Dreißig.«

»Zwanzig.«

»Einverstanden. Ab dem Hauseingang.«

Müller nahm sein Smartphone. »Ich bin froh, dass Sie auf unserer Seite spielen.«

»Danke.«

* * *

Auf Müller war Verlass. Wenn er auf wichtig machte, dann machte er das richtig. Ohne Punkt und Komma. Der Mann am Empfang konnte kaum mehr als ein ›Guten Abend‹ herausbringen. Den Einwand mit eventuellen Notfällen wischte Müller beiseite. Dem Empfang blieb nichts anderes übrig, als das Telefon auf den Anrufbeantworter umzustellen und dann die Eingangstür zu verschließen.

Müller zeigte ein Foto von Mops, mit dem der andere nichts anfangen konnte. Dann fragte er nach der Elektroinstallation.

»Die ist im zweiten Untergeschoss. Warum?«

»Ja. Warum?«, wollte Leonie wissen.

»Mops meinte, er hätte eine Idee. Er wollte mit bei der Untersuchung der Elektrik im anderen Gebäude dabei sein.«

»Und ist vielleicht auf dieselbe Idee gekommen wie wir?«

»Möglicherweise.« Müller wandte sich wieder an den Portier. »Sie kommen mit.«

Leonie winkte mit dem Sensenstiel.

»Was soll das denn sein?«

Leonie grinste. »Mein Besen. Geiles Gerät. Kann das Reisig einziehen nach der Landung.«

»Sie wollen mir einen Bären aufbinden.«

»Würden Sie mir glauben, wenn ich behaupte, es wäre eine Sense?«

»Nein.«

»Sehen Sie?«

»Was?«

»Sie halten uns auf. Holen Sie den Aufzug.«

Sie fuhren ins zweite Untergeschoss und begaben sich zum Schaltschrank. Der Portier öffnete ihn.

Müller war beeindruckt. »Nicht schlecht. Hat das Hospital ein eigenes Kraftwerk?«

»Nur das Notstromaggregat«, gab der Portier Auskunft. »Aber wir haben schon eine Menge Geräte, die viel Strom brauchen. Wir sind sehr modern eingerichtet.«

Leonie fröstelte. »Wieso muss ich bei diesem Anblick an Frankenstein denken?«

Sie stellte die Sense auf den Boden und schloss die Augen. »Was macht sie?«

»Keine Ahnung«, gab Müller zurück.

Leonie öffnete die Augen und sah den Portier befehlend an. »Und jetzt fahren Sie uns in das dritte Untergeschoss.«

Der Portier klimperte überrascht mit den Augen. »Ich weiß nicht, wovon Sie reden.«

Leonie ging los, die anderen beiden folgten ihr.

Im Aufzug sah Müller sich die Schalttafel genau an.

»Ich kann nichts feststellen«, meinte er.

Leonies Augen brannten. »Ich bin absolut sicher.«

»Dann gibt es doch sicher eine Nottreppe oder sowas«, schlug Müller vor.

Sie stiegen aus und folgten Leonie. Sie ging mit geschlossenen Augen langsam an der linken Wand entlang, den Sensenstiel an der Fußleiste führend. Vor dem Schaltschrank blieb sie stehen.

»Und jetzt?«

Leonie drehte sich zu Müller, öffnete die Augen. »Was glauben Sie?«

Der Portier hatte sich zurück in den Aufzug geschlichen. Die Aufzugtür schloss sich.

Müller rannte los, aber er kam zu spät. »Mist!«

Leonie kam zu Müller. »Erhöhen wir den Einsatz?«

»Von mir aus.«

Die Sense schnappte in die ›Mäh‹-Stellung. Leonie zog die Klinge ohne Anstrengung von der unteren linken Seite der Aufzugtür nach oben, dann nach rechts, dann nach unten.

»Die ist wirklich mit viel scharf«, kommentierte Müller.
Er trat gegen die Aufzugtür. Sie fiel in zwei Teilen nach innen und polterte den Aufzugschacht hinunter.

Leonie zählte »Einundzwanzig, zweiundzwanzig, dreiund…«

Mit einem Krachen schlugen die Türelemente auf.

Leonie grinste Müller an. »Etwa vierzig Meter. Wetten, dass es noch ein Untergeschoss gibt?«

Sie sahen in den Schacht. Auf der linken Seite befand sich eine Notleiter.

Müller machte einen großen Schritt, betrat die Leiter und begann abwärts zu klettern.

Leonie klappte die Sense ein und folgte ihm. »Nicht so schnell. Ich muss mit einer Hand die Sense halten.«

»Besser wir sind unten, bevor der Aufzug herunterkommt.«

Zwei Meter über dem Grund erhellte ein schwaches Leuchten den Schacht.

Müller sah auf zu Leonie. »Funktioniert der Sensen-Trick noch einmal?«, flüsterte er.

»Bestimmt. Glauben sie, dass dieser Bereich bewacht ist?«

»Es gibt bestimmt eine Alarmanlage.«

»Sie meinen, der Portier wäre gar nicht nötig gewesen?«

»Wahrscheinlich nein. Denn spätestens jetzt wecken wir Schneider.«

Als sie im Gang waren, drehte Leonie sich um und schnitt mit der Sense die Aufzugseile durch.

»Wozu das?«

»Ich hoffe, dass der Aufzug blockiert. Dann muss, wer immer nachkommt, entweder ebenfalls klettern oder den Eingang benutzen, den wir nicht gefunden haben. Vielleicht gibt uns das mehr Zeit.«

»Gute Idee. Lassen Sie uns nachsehen, ob wir diesen Zugang verbarrikadieren können.«

Der Gang war gerade, hell erleuchtet und endete an einer Stahltür. Rechts und links waren jeweils fünf Türen, einige mit Bio-Gefahrensymbolen geschmückt und verriegelt. Hinter den offenen Türen fanden sich genug Möbelstücke, um jemandem das Betreten des Ganges durch den Aufzugschacht deutlich zu erschweren. Sie blockierten den Schacht mit mehreren Schränken.

»Im Schacht gibt es nicht genug Standfläche«, kommentierte Müller. »Und die andere Wand ist zu weit weg. Da müsste schon King Kong kommen.«

Aus Richtung der Tür, die den Gang auf der anderen Seite begrenzte, kam ein raspelndes Geräusch.

Die Sense in Leonies Hand vibrierte. Sie packte fester zu. »Das halte ich für kein gutes Zeichen.«

»Sehen wir uns erst hier schnell um«, schlug Müller vor.

Keiner der Räume auf dem Gang enthielt Mops. Jedoch einige sehr interessante Dinge, bei denen Leonie dringend riet, sie dort zu lassen wo sie waren. Und Spezialisten für biologische Kampfstoffe anrücken zu lassen.

Hinter der Stahltür, die den weiteren Weg versperrte, war Rascheln zu hören, gelegentlich ein grollendes Knurren.

Leonie rümpfte die Nase. »Das riecht nach Zoo. Raubtiergehege.«

Müller war skeptisch. »Fünfzig Meter unter der Erde?« Er sah auf die Uhr. »Wir sind überfällig.«

»Ich habe hier keine Telefone gesehen. Sie?«

»Nein. Und in die Computer kommen wir nicht rein.« Er sah auf sein Smartphone. »Das WLAN ist ebenfalls verschlüsselt. Eigentlich logisch.«

»Mit anderen Worten: Wir kommen hier nur heraus, wenn wir da reingehen.«

»Sieht so aus.«

»Dieser Schneider lässt sich auch ganz schön Zeit.«

»Ich denke, er sieht zu, ob wir es schaffen.«

Aus der Belüftung quoll Rauch.

Leonie hustete. »Er will, dass wir weitergehen.«

Der Riegel der Tür ließ sich problemlos zurückschieben.

»Da ist jemand aber sehr sicher, dass niemand diese Tür aus Versehen öffnet.«

Hinter der Stahltür befand sich eine Halle. Eine eiserne Treppe führte zwei Stockwerke hinab. Die Halle lag im Halbdunkel, auf dem Boden hatte jemand mit viel Umsicht eine subtropische Landschaft gepflanzt, die sich über eine fußballfeldgroße Fläche erstreckte. Am anderen Ende der Halle führte eine Treppe gleicher Bauart wieder hinauf.

Müller zeigte nach unten. »Was zur Hölle ist das?«

Leonie schluckte. »Könnte eine Hyäne sein. Da es Rudeltiere sind, wahrscheinlich nicht die einzige.«

»Ich habe das erst für einen Bären gehalten. Die hat eine Schulterhöhe von fast zwei Metern!«

Drei weitere Tiere kamen aus dem Dickicht heraus und näherten sich langsam der Treppe. Die gewaltigen Schädel bewegten sich nach oben, hungrige Augen taxierten die Beute.

»Müller. Haben Sie eine Waffe dabei?«

»Ja. Ich glaube aber nicht, dass ich mit der viel ausrichten kann.«

»Ist mir klar. Erschießen Sie uns, wenn wir keinen Weg auf die andere Seite finden.«

Das am nächsten an der Treppe stehende Tier öffnete das Maul zum Gähnen und zeigte eine Reihe sehr interessanter und sehr großer Zähne. Der ausströmende Geruch veranlasste Leonie und Müller, den Atem anzuhalten, bis die Riesenhyäne das Maul wieder geschlossen hatte.

Müller schnappte nach Luft. »Holy Shit.«

Leonie klappte die Sense ein und machte einen Schritt die Treppe hinunter.

Müller hielt sie zurück. »Wollen Sie Selbstmord begehen?«

»Nein. So, wie es aussieht, sind das Aasfresser. Außerdem scheinen die gerade eher neugierig als hungrig zu sein. Wenn wir nicht aggressiv auftreten, werden die uns vielleicht erst beschnuppern.«

»Zum Appetit holen?«

»Kann sein.« Leonie ging weiter, dicht gefolgt von Müller.

Die Hyänen waren wirklich groß. Sie überragten Müller um gut einen halben Meter.

Leonie kraulte das Leittier vorsichtig mit dem Sensenstiel. Die Hyäne wich zurück und gab ein tiefes, zufriedenes, durchdringendes Grollen von sich.

Sie gingen weiter.

Auf halbem Weg lagen ein paar zerbrochene Knochen auf der Wiese. Leonie ging in die Hocke und untersuchte sie kurz. »Menschlich.«

»Sicher?«

»Ja. Ein Mann, zwanzig bis dreißig Jahre alt, schätze ich.« Sie schauderte. »Wird schwer sein, eine Todesursache zu finden.«

»Sie meinen, es waren nicht diese Tiere?«

Leonie schüttelte den Kopf. »Ist aber nur so ein Gefühl.« Sie stand auf. »Weiter.«

Oben auf der Treppe wartete Schneider zusammen mit zwei finster aussehenden Gestalten, die großkalibrige Jagdgewehre in den Händen hatten.

»Machen Sie keine Probleme!«, rief Schneider hinunter. »Legen sie ihre Waffen ab und kommen sie herauf!«

Einer der Bodyguards kam herunter und sammelte Müllers Pistole und die Sense ein.

»Ich hätte sie gern mit weniger Aufwand beseitigt.«

»Ich Sie auch«, gab Leonie zurück.

Schneider lachte. »Keine Sorge. Sie sind nicht vergebens gekommen. Wir werden eine ihren Qualitäten entsprechende Verwendung finden.«

»Ich hätte da noch ein paar Fragen. Bevor ich Sie festnehme«, sagte Müller.

Schneider sah ihn überrascht an. »Ist mir etwas entgangen?«

»Davon können Sie ausgehen.«

»Sie gehen mit uns. Und Sie auch, Leonie.«

Schneider verschloss und verriegelte sorgfältig die Tür zur Halle.

»Was sind das für nette Tiere in Ihrer Menagerie?«, fragte Leonie.

»Ach das. Hyänen. Ich dachte, Sie hätte es erkannt.«

»Habe ich. Womit haben sie die aufgeblasen?«

Schneider lächelte überlegen. »Mit dem, was sie mitgebracht haben. Wissen Sie, eigentlich sind die da drinnen schon seit einigen Millionen Jahren ausgestorben.«

»Sie haben sie tatsächlich genetisch rekonstruieren können?«

»Sagen wir es so: In diesen Tieren befindet sich Erbgut

des Originals. Der Rest wurde nach besten Schätzungen ergänzt.«

»Sie beschränken Ihre Arbeit also nicht nur auf Menschen?«

»Warum sollte ich? Das Handwerkzeug ist dasselbe. Apropos Handwerkzeug.«

Er deutete auf die Sense, die einer der Leibwächter in der Hand hielt.

»Ja.«

»Was ist das?«

»Was?«

Schneider versetzte Leonie einen Kinnhaken, der sie nach hinten taumeln ließ. »Was? Ist? Das?«

Müller stützte Leonie.

Sie stöhnte und schüttelte den Kopf. »Geht schon. Eine Sense.«

Schneider trat auf Leonie zu. Der zweite Leibwächter drückte Müller den Lauf des Gewehres zwischen die Rippen.

»Warum schleppen Sie eine Sense durch die Gegend?«

Leonie hielt sich das Kinn. »Das kann ich nicht in einem Satz erklären.«

»Dann nehmen Sie sich zwei Sätze Zeit.« Er winkte den Sensenträger her. Der stellte die Sense zwischen sie.

»Darf ich?«, fragte Leonie.

»Wenn du eine schnelle Bewegung machst, dann war das deine letzte«, erklärte der Leibwächter.

»Ist klar.«

Leonie packte den Sensenstiel mit der linken Hand und den Griff mit der rechten. Sie drehte die Sense am Griff vorsichtig so, dass die Klinge von ihr und dem Mann weg zeigte.

»Ich öffne sie jetzt. Vorsicht.« Sie sah fragend zu Schneider.

»Machen Sie schon!«

153

Leonie betätigte den Auslöser. Die Sensenklinge schnappte senkrecht nach oben. Leonie folgte dem Schwung mit der rechten Hand und bewegte den Griff samt Klinge langsam von oben nach rechts unten. Der Hals und der Oberkörper des Mannes leisteten keinen nennenswerten Widerstand.

Müller drehte sich vom Gewehr weg und griff danach. Der Schuss prallte an der Stahltür ab, um am anderen Gangende in der Wand steckenzubleiben.

Leonie trat Schneider mit aller Kraft zwischen die Beine. Er klappte zusammen, rutschte auf dem Blut des Leibwächters aus und knallte rücklings auf den Boden.

Leonie setzte dem zweiten Leibwächter die Klinge an den Hals. »Keine Bewegung.«

Der andere erstarrte. Sah auf den am Boden liegenden halbierten Kameraden. Müller nahm ihm das Gewehr ab und stieß ihn weg. »Hinlegen. Hände und Füße ausstrecken.«

Schneider stöhnte und wollte aufstehen.

»Sie bleiben erst einmal liegen«, befahl Leonie. »Wo ist Mops?«

»Raum vier.« Er wollte in seine Jackentasche greifen.

Leonie hob das Sensenschwert. »Lassen Sie das.«

»Schlüssel?«

Leonie trat Schneider gegen das Kinn und schritt unbeeindruckt über ihn hinweg. »Was?«

»Ich bewache die Beiden«, bot sich Müller an.

Das Türschloss war nach einer kurzen Diskussion mit der Sensenklinge Geschichte.

Leonie stieß die Tür nach innen und machte einen schnellen Schritt zur Seite, um nicht von Mops umgerannt zu werden.

Mops bremste den Schwung an der gegenüberliegenden Wand, warf sich herum.

»Leonie?«

»Wen hast du denn sonst erwartet?«

»Du bist spät dran.«

Leonie bewegte den Kopf in Richtung Müller. »Könnt ihr beide bitte das Polizei-Zeugs machen?«

Mops folgte Leonies Blick. »Hast du mit der Autopsie schon angefangen?«

»Ja. Die Hyänen haben Hunger.«

»Welche Hyänen?«

»Erzähl ich dir später. Ok?«

»Ok.«

* * *

Nachdem sie den Leibwächter versorgt und ihren Kollegen den Weg in die unterirdische Anlage beschrieben hatten, setzte sich Mops mit Schneider auseinander.

»Für das, was Sie her getan haben, werden Sie für den Rest Ihres Lebens hinter Gittern verschwinden. Rein interessehalber wüsste ich aber gern, wie Sie die Morde an Chrispian, Angelina und Vera tatsächlich begangen haben. Und warum? Wurden Sie erpresst?«

Schneider nickte. »Ja. Das wurde ich. Dieses undankbare Gesindel. Ich habe sie mit den besten Eigenschaften beschenkt, die ein Mensch nur haben kann. Und was machen sie damit?«

»Sie hintergehen ihren Schöpfer?«, ergänzte Leonie.

Mops sah Leonie überrascht an.

Schneider nickte. »Genau. Dennoch war die Null-Serie kein kompletter Fehlgriff. Ich habe eine Menge lernen können für die nächste Charge.«

Leonie sah Schneider angewidert an. »Sie sprechen von Menschen wie von Produkten.«

»Sie haben es erfasst.«

»Die gemeinsamen Gene von Angelina und Chrispian sind demnach …«

»Das, was zum damaligen Zeitpunkt nachvollziehbare Effekte haben sollte. Sie haben meine Theorie bestätigt.«

»Wie viele Eltern hatten Angelina und Chrispian?«

»Ich habe es nicht gezählt. Schauen Sie in die Dokumentation.«

»Wie haben Sie die drei Morde begangen?«, fragte Mops.

Schneider hob amüsiert die Augenbrauen. »Wie kommen Sie darauf, dass ich der Mörder von allen war? Ich habe nur die Schere geliefert.«

»Was für eine Schere?«, fragte Leonie.

»Eine Gen-Schere. Ich hatte schon versucht, es Mops zu erklären. Angelina und Chrispian hatten, per Design, eine Sollbruchstelle in ihren Genomen. Das Mittel, um diese zu aktivieren, wurde bereits bei der Produktion der beiden bereitgestellt. Vera habe ich ganz klassisch mit einer nicht nachweisbaren Substanz getötet. Warum Angelina Selbstmord begangen hat, nachdem sie Chrispian getötet hat, habe ich nicht verstanden.«

»Vielleicht wegen ihres Streits in der WG?«, fragte Müller.

»Möglich. Ich hatte Angelina aufgesucht und ihr gesagt, dass ich mich nicht länger erpressen lassen würde. Sie hat es geleugnet. Sie wüsste nicht, wovon ich spräche. Ich habe ihr angedroht, sie umzubringen. Verstehen sie: gedroht. Aber das war dann nicht mehr notwendig. Ich war überrascht, wie wirksam der Ausschalter ist. Wissen Sie, es ist sehr aufwändig, ihn herzustellen. Wenn nur die halbe Dosis notwendig ist, bedeutet es eine immense Kosteneinsparung.«

»Von wem sind die Knochen im Tiergehege?«, fragte Müller.

»Das war einer der Verrückten, die das Hochsicherheitsgebäude angegriffen haben.« Schneider lächelte. »Auch den habe ich nicht umgebracht.«

»Sondern?«

»Der Halbierte auf dem Gang. Die Steuerung für den Zaun befindet sich hier.«

»Warum haben Sie ihn heruntergebracht? Das war doch ein hohes Risiko, gesehen zu werden.«

»Ich wollte etwas ausprobieren. Aber der war nicht geeignet.« Schneider sah zu Mops. »Bei Ihnen hätte ich mir größere Chancen ausgerechnet.«

»Größere Chancen worauf?«

»Das ist nicht mehr wichtig.«

Aus Richtung der Halle waren Schüsse zu hören. Und Explosionen.

Schneider war alarmiert. »Was machen die da?«

Müller zuckte mit den Schultern. »Aufräumen, nehme ich an.«

Schneider sprang auf. »Das können Sie nicht machen!« Er rannte los.

Mops, Müller und Leonie schafften es mit vereinten Kräften, ihn auf einer Liege zu fesseln.

Schwere Schläge kamen von der Tür. Mops ging hin, um zu öffnen.

Er kam mit vier Männern in schwarzen Anzügen zurück. Einer von ihnen setzte Schneider ohne Worte eine Spritze, woraufhin er sehr ruhig wurde. Die Männer schnallten Schneider los und nahmen ihn mit.

Mops' Chef kam herein. Er legte den Splitterschutz ab, den er über dem Kampfanzug trug, und setzte sich erschöpft auf einen Stuhl.

»Was ist mit den Hyänen passiert?«, fragte Leonie.

Der Chef sah in die Runde. »Ich weiß nicht, wovon Sie sprechen. Und sie werden es auch nicht wissen.«

»Und was ist mit Schneider?«

»Den werden wir auch nicht wiedersehen. Was mir sehr recht ist.«

»Was soll das heißen?«, fuhr Leonie auf. »Der kann doch nicht einfach ungeschoren davonkommen.«

»Das habe ich nicht gesagt. Er wird wegen verschiedenster Dinge vor Gericht gestellt werden. Mord ist da noch das kleinste Verbrechen. Das Verfahren wird unter Ausschluss der Öffentlichkeit stattfinden. Für uns ist der Fall damit abgeschlossen.«

Mops schüttelte den Kopf. »Leider nein. Zumindest einen Mord betreffend gab es Mittäter.«

»Mittäter?«, echote der Chef.

Mops nickte. »Schneider hat aus dem Nähkästchen geplaudert.« Er stoppte. »Entschuldigung. Das war ein ziemlich schlechter Scherz.«

»Warum?«

»Weil es zu nahe an den Tatsachen ist. Schneider hat behauptet, ein Gift hergestellt zu haben, welches nur bei Chrispian und Angelina wirkt.«

»Und wenn schon.«

»Ich glaube nicht, dass er es den beiden selbst verabreicht hat.«

»Warum?«

»Weil es dann sicherer für ihn gewesen wäre, die beiden auf einen Schlag umzubringen. Das ist aber nicht passiert.«

»Und warum soll er jemand anderem das Gift gegeben haben?«

»Er sagte, dass jemand ihn erpresst hat. Und das Chrispian aussteigen wollte. Also ist es naheliegend, dass er Chrispians Komplizen das Gift beschafft hat.«

»Angelina?«

»Zumindest hat Schneider das geglaubt. Er hat sich mit ihr getroffen, sie bedroht. Kurz darauf ist Angelina gestorben.«

»Verstehe ich Sie richtig, dass es aus Ihrer Sicht weder Mord durch Schneider noch Selbstmord war?«

»Korrekt.«

»Und wer hätte, Ihrer Meinung nach, der Täter sein können?«

»Der Komplize oder die Komplizin des Erpressers.«

Leonie schnappte nach Luft. »Du meinst, es könnte Klaus oder Martha gewesen sein? Oder beide?«

»Ja. Wir sollten zumindest prüfen, ob es auf ihren Bankkonten in letzter Zeit auffällige Einzahlungen gegeben hat.«

Ein Beamter kam in den Raum. »Wir haben den anderen Eingang gefunden. Er liegt innerhalb des umzäunten Gebäudes.«

Der Chef fragte zurück. »Wieso ist er bei der letzten Durchsuchung unentdeckt geblieben?«

»Es handelt sich um einen zehn Meter langen Betonblock, der vom Fußboden in die Erde reicht. Wir wissen noch nicht genau, wie der eigentlich bewegt wird.«

»Verstehe. Machen Sie weiter.«

Als der Beamte den Raum verlassen hatte, atmete er auf. »Sie haben keine Ahnung, mit wem ich in den letzten Stunden telefoniert habe. Dieser Fall zieht Kreise, die weit über unser Land hinausgehen. Seien sie sicher, dass sie das Meiste davon nicht in der Zeitung lesen werden.«

»Was ist mit Richter?«, fragte Mops.

»Sie dürfen Ihr Wort halten. Erzählen Sie ihm alles, was Sie verstanden haben. Aber äußern sie keine Vermutungen. Oder besser noch: doch. Tun Sie es. Berichten Sie von einem genialen Wissenschaftler, der – natürlich – die Weltherrschaft im Sinn hatte. Was durch den heroischen Einsatz Ihres Teams verhindert wurde.«

Müller sah skeptisch drein. »Das glaubt uns doch kein Mensch.«

»Richtig. Sie werden keine Lüge aufrechterhalten können, die annähernd so komplex ist wie das, was sie herausgefunden haben. Ich will dabei nicht von Wahrheit sprechen. Überfordern sie die Zeitungsleser. Erzählen sie ihnen alles, nur keine Details. Sie werden es nicht abnehmen. Deshalb wird Richter ebenfalls seine Story abändern, vereinfachen müssen.«

Leonie hob die Hand. »Dann wollte oder hat Schneider tatsächlich Menschen nach Maß gefertigt, oder er kann es?«

Der Chef fragte zurück. »Was meinen Sie?«

Leonie nickte. »Ich verstehe. Was bleibt uns dann noch zu tun?«

»Wie Mops sagte. Klären sie die Morde auf.« Er stand auf und wandte sich zum Gehen. »Und alles andere vergessen sie, sobald sie ihre Arbeit erledigt haben.«

* * *

»Nichts.« Mops legte die Berichte in einen Aktenhefter und klappte ihn zu. »Martha und Klaus sind, was ihre finanziellen Verhältnisse angeht, ganz normale Studenten. Bildungskredit, gelegentlich ein paar Nebenjobs, die sie wohl vergessen haben bei der Steuer anzugeben, ab und zu Zuwendungen aus der Verwandtschaft. Kein Vergleich mit den Stiftungsstipendien, die man eher als Gehalt bezeichnen sollte.«

»Konten in der Schweiz oder auf den Cayman-Islands?«

Mops grinste. »Willst du unserer Behörde eine Lustreise aus dem Kreuz leiern? Ich bin dabei.«

»Was meinst du? Hat der Tod von Klaus mit den anderen zu tun? Er war das einzige Opfer, was verschleppt wurde.«

»Das glaube ich nicht. Schneider hat ihn erkannt und darum einsammeln lassen. Oder es war wirklich Zufall, obwohl ich nicht an denselben glaube. Aber zu welchem Zweck? Keine Ahnung. Vielmehr will ich es eigentlich nicht wirklich wissen.«

»Was meinte Schneider damit, dass er mit dir etwas Besonderes vorgehabt hätte?«

»Auch das will ich nicht wissen. Wahrscheinlich hat es mit dem Ergebnis der Untersuchung zu tun, dass ich als Mann nicht für jede Frau geeignet bin.«

»Darauf kommen die meisten Frauen auch ohne genetische Analyse.«

»Danke.«

»Wenn du mich als Mediziner fragst, dann liegt es an deiner besonderen Fähigkeit. Möglicherweise ist sie vererbbar.«

»Damit verlässt du aber den Boden der Wissenschaft.«

»Keineswegs. Es gibt sowohl philosophische als auch kosmologische Konzepte, nach denen alles mit allem zusammenhängt. Begriffe wie außersinnliche Wahrnehmung sind eigentlich ein Widerspruch in sich.«

»Heißt?«

»Die Welt, die dich umgibt, ist einfach größer als die der meisten anderen Menschen.«

»So habe ich das noch nie gesehen.«

Leonie lächelte schelmisch. »Versuch es erst gar nicht. Wenn du ernsthaft darüber nachdenkst, dann wirst du verrückt werden.«

»Du stehst auf große Dumme, stimmt's?«

»Jetzt, wo du es sagst, kann ich es ja zugeben. Was meinst du? Kann Klaus einer der Erpresser gewesen sein?«

Mops kratzte sich am Kopf. »Es ist nicht auszuschließen.

Allerdings hat Schneider sich mit Angelina gestritten. Demnach muss zumindest einer der Erpresser eine Frau gewesen sein.«

»Nicht zwingend. Anrufe mit verstellter Stimme gehören doch zum Standardrepertoire von Erpressern.«

»Schneider hat das Gift zur Verfügung gestellt. Weil Chrispian auspacken wollte. Und er hat ihn, wenn er die Wahrheit gesagt hat, nicht selbst umgebracht.«

»Daraus könnte man schließen, dass mindestens eine andere Person mit Chrispians Vorhaben nicht einverstanden war und möglicherweise Schneider um Unterstützung gebeten hat. Angelina?«

»Ehrlich gesagt glaube ich das nicht.«

»Hat Angelina es dir gesagt?«

»Das darf sie nicht. Und selbst wenn, dann wäre das kein harter Beweis.«

»Aber ihre finanzielle Zuwendung hat sich deutlich erhöht seit Chrispians Tod. Und Schneider hat mit ihr gestritten.«

»Genau. Es passt so gut, dass es mich misstrauisch macht. Angelina hätte es nicht nötig gehabt. Sie hätte in absehbarer Zeit reich geerbt. Sie wäre mit Sicherheit beruflich sehr erfolgreich gewesen. Sie hatte keine Schulden. Nichts deutet darauf hin, dass sie mehr Geld benötigt hätte, als sie ohnehin schon bekam.«

»Das meiste davon trifft auch auf Chrispian zu.«

»Stimmt.« Mops griff sich an den Kopf. »Du meine Güte.«

»Was?«

»Was ist, wenn Chrispian überhaupt nicht die Erpressung durchgeführt hat? Und Angelina auch nicht?«

»Ich kann dir gerade nicht folgen.«

»Sie hatten es beide nicht nötig.«

»Richtig.«

»Schneider hat beide für die Erpresser gehalten.«

»Richtig.«

»Er hat zugegeben, Vera umgebracht zu haben.«

»Stimmt auch.«

»Vielleicht war Vera so etwas wie Kollateralschaden.«

»Das ist ein hässliches Wort.«

»Ich weiß. Vielleicht ging es gar nicht um Vera, sondern sie ist das Opfer einer falschen Schlussfolgerung Schneiders.«

»Das klingt sehr weit hergeholt.«

Mops sah Leonie an, als ob er nicht sagen wollte, was er sagen würde. »Kann es sein, dass das Ziel der ganzen Veranstaltung war, Chrispian und Angelina aus dem Weg zu räumen.«

»Warum?«

»Weil es sich bei ihnen um ganz besondere Menschen gehandelt hat. Vielleicht hat es jemandem, der sie gut genug kannte, nicht besonders gefallen? Erinnerst du dich an Sterners Ausführungen?«

Leonies Gesichtsfarbe wurde um etliche Nuancen heller. »Du meinst die Sache mit der Philosophie?«

Mops nickte entschieden. »Ja. Möglicherweise hat da jemand das Problem ganz pragmatisch aus der Welt geschafft.«

Leonie schauderte. »Du meinst Chrispian und Angelina?«

»Nicht nur. Ohne ihren Tod wären wir nie im Leben mit Schneider in Kontakt gekommen.«

* * *

Sterner war die Überraschung anzumerken, als er Mops Müller und Leonie vor seinem Büro stehen sah.

»Was kann ich für sie tun?«

»Wir haben uns beim letzten Mal über recht allgemeine Dinge unterhalten«, begann Mops. »Ich denke, es ist an der Zeit, um zum Speziellen zu kommen.«

»Ich weiß nicht, wovon Sie sprechen.«

»Wie Sie meinen. Ich spreche von Anstiftung zum Mord, Bildung einer kriminellen Vereinigung, Versuch des Umsturzes der öffentlichen Ordnung. Für den Anfang. Sie haben das Recht, die Aussage zu verweigern und einen Rechtsbeistand hinzuzuziehen. Wir gehen jetzt in Ihr Büro und warten dort auf die Kollegen vom Staatsschutz. Ich bin sicher, dass Sie und Schneider sich viel zu erzählen haben.«

Sterner fuhr zusammen. »Das sind doch alles haltlose Vermutungen!«

Mops nickte. »Sie haben vollkommen recht. Und wissen Sie was: Ich habe keine Lust mehr, mich damit herumzuschlagen. Ich bin für Mord zuständig. Verstehen Sie? Mord. Menschen töten andere Menschen. Ich finde die Mörder und übergebe sie den Gerichten. Ich bin nicht derjenige, der das Urteil spricht. Deshalb habe ich keinerlei Verständnis dafür, wenn Einzelpersonen oder Gruppen der Auffassung sind, diese Funktionen gewissermaßen unter einem Dach zu vereinen und darüber hinaus die Grundlagen unserer Gesellschaft für sich als nicht zutreffend erachten. Ich werde den Fall als teilweise ungelöst beenden, mich mit meinen Kollegen betrinken gehen und schon morgen kein Wort mehr darüber verlieren. Schneider? Kenne ich nicht. Sterner? Nie gehört. Habe ich mich klar ausgedrückt?«

»Sie haben keine Ahnung, worum es geht.«

»Richtig. Und eigentlich will ich es auch gar nicht mehr wissen, weil die Effekte mich nicht mehr betreffen werden. Ich gebe Ihnen eine Chance, mich vom Gegenteil zu überzeugen. Jetzt und hier. Entweder Sie packen aus, oder die Kollegen in den schicken dunklen Anzügen packen Sie ein. Ihre Entscheidung.«

Sterner gab nach. »Kommen Sie herein. Stellen Sie ihre Fragen.«

* * *

Mops legte seinen Schreibblock auf den Konferenztisch. »Zuerst einmal: Kannten Sie Martha Schulz und Klaus Hofer?«

»Ja.«

»Wie sind Sie mit ihnen in Kontakt gekommen?«

»Über einen Kollegen. Die Arbeit, die ich mache, berührt auch andere Gebiete. Ethik, Moral, Philosophie. In welcher Welt wollen die Menschen der Zukunft leben? Die Genetik ist da nur mechanisches Handwerk.«

»Sie haben mit Ihren Kollegen mögliche gesellschaftliche Auswirkungen technischer Entwicklungen diskutiert, nehme ich an.«

»Genau. Und wir sind zu dem Schluss gekommen, dass bestimmte Entscheidungen nicht von einem kleinen Kreis von Menschen für die Gesamtheit der Menschen getroffen werden sollten.«

»Und dann haben sie sich zum Mord verabredet?«

Sterner schüttelte entschieden den Kopf. »Natürlich nicht. Wir haben uns Wege überlegt, auf welche Art und Weise die Informationen der Allgemeinheit sichtbar gemacht werden sollen. Unser Ergebnis war, dass das idealerweise junge Menschen sein sollten, da es schließlich ihre Welt ist, mit der sie dann leben müssen. Einer meiner Kollegen hat dann den Kontakt zu Martha und Klaus geknüpft.«

»Haben die damals schon mit Chrispian und Angelina zusammen gewohnt?«, fragte Leonie.

»Ja. Aber letztlich wäre das egal gewesen. Ich habe Angelina und Chrispian über ihre wahre Herkunft aufgeklärt und ihnen die Beweise vorgelegt. Sie haben es sofort verstanden.«

In Sterners Augen glomm Bewunderung. »Ich habe selten bei so jungen Menschen eine solche Professionalität gesehen.«

Mops hakte nach. »Sie würden also zustimmen, wenn ich sage, dass Schneider da einen verdammt guten Job gemacht hat?«

Sterner verzog das Gesicht. »Von einem technokratischen Standpunkt aus: Ja. Die Beiden gehörten zu dem obersten Promille der Menschen, was Intelligenz und Fähigkeiten anging.«

»Warum sollten sie dann Schneider mit ihrem Wissen erpresst haben?«

Sterner fuhr überrascht zurück. »Das kann ich mir beim besten Willen nicht vorstellen.«

Mops nickte. »Weiter.«

»Martha und Klaus sind gesellschaftspolitisch aktiv. Sie wissen schon, das Übliche. Keine Massentierhaltung, gegen Kinderarbeit. Sie unterstützen auch ungewöhnliche Protestaktionen oder nehmen daran teil. Von daher waren sie die idealen Kandidaten. Sie sollten zusammen mit Angelina und Chrispian Material sammeln und dann an die Öffentlichkeit gehen.«

»Sie wissen, dass es einige sehr persönliche Beziehungen gegeben hat?«

»So eng war ich mit ihnen nicht bekannt. Ich habe meinen Teil der Informationen geliefert. Zuletzt haben wir uns vor über einem Jahr gesehen. Es gab auch keine Telefonate oder E-Mails. Sie hatten alles, was sie brauchten. Das, was noch fehlte, war der richtige Zeitpunkt, um die Bombe platzen zu lassen.«

»Aber dazu ist es dann nicht mehr gekommen.«

»Weil Schneider Angelina und Chrispian nicht nur beseitigt hat, sondern auch alle Spuren verwischt hat.«

»Nicht alle«, warf Leonie ein. »Wussten Sie übrigens von seinem Spielplatz unter dem Hospital?«

»Welcher Spielplatz?«

»War Schneider ein großer Tierfreund?«

»Eigentlich nein, soweit ich ihn kennengelernt habe. Er hat immer eine gewisse Distanz zu Menschen und zu Tieren gehalten. Von seiner Arbeit einmal abgesehen.«

»Angelina und Chrispian sind mit einem speziell für sie hergestellten Gift getötet worden.« Mops sah von seinem Block auf. »Klingelt da was bei Ihnen?«

»Natürlich. Das ist ein aktueller Forschungszweig. Ziel ist es, auf einzelne Menschengruppen zugeschnittene Medikamente zu entwickeln. Sie wissen sicher, dass nicht jedes Präparat bei jedem Menschen gleich wirkt. Aber ein Gift so zu designen, dass es nur bei einzelnen Menschen wirkt, ist doch sehr weit hergeholt.«

»Zumindest hat Schneider das behauptet. Immerhin hat er ja auch davor schon Dinge getan, die andere für unmöglich gehalten haben.«

»Trotzdem. Es bedarf einer sehr umfangreichen Analyse, die auch mit heutigen technischen Mitteln sehr aufwändig und teuer ist. Die meisten Menschen auf der Welt könnten sich das nicht leisten.«

»Verstehe. Und wie sähe es aus, wenn Schneider von der anderen Seite gekommen wäre?«

Unglauben zeigte sich auf Sterners Zügen. »Wie meinen Sie das?«

»Na ja. Angelina und Chrispian wurden ja nicht auf natürliche Weise gezeugt. Man könnte als Laie sogar behaupten, dass sie konstruiert wurden. Wenn ich den Bauplan habe, dann sollte es doch viel einfacher sein, die Stelle zu finden, die individuell verwundbar ist.«

»Das wäre … theoretisch … möglich.«

Mops schüttelte sich. Genau wie Angelina und Chrispian, die fasziniert zuhörten.

»Dann ist Schneiders Aussage, dass er das Gift hergestellt

hat, um sich der Erpressung von Angelina und Chrispian zu erwehren, aus Ihrer Sicht also durchaus glaubhaft.«

Sterner nickte. »Ja. Obwohl er dem bekannten Wissen damit um Jahrzehnte voraus wäre.«

»Wurde jemals diskutiert, Angelina und Chrispian umzubringen? Wenn Weltbilder aufeinandertreffen, so wie Ihres und das von Schneider, dann werden oft radikale Methoden ausgepackt, um den Disput zu entscheiden.«

Sterner schüttelte entschieden den Kopf. »Nein. Ich und meine Kollegen sind der Meinung, dass die Entscheidung über den Weg der Menschheit nicht bei Einzelpersonen liegen kann. Wenn überhaupt, dann wäre Schneider das Ziel eines Anschlages gewesen. Nicht seine …«

»Geschöpfe?«, fragte Leonie.

»Wenn Sie es so sehen wollen. Wir haben uns aus der Zusammenarbeit mit den Aktivisten übrigens vor geraumer Zeit zurückgezogen, als genau die von Ihnen genannten Dinge hochgekommen sind, Herr Mops. Gewalt ist immer nur eine Verlagerung des Problems.«

Müller schaltete sich ein. »Sie sagten, Ihr letzter Kontakt liegt ein Jahr zurück. Hatten Sie den Eindruck, dass Martha und Klaus sich radikalisiert hatten?«

Sterner lächelte zynisch. »Ich hasse diese Bullshit-Phrase. Beim letzten Treffen sind einige Worte gefallen, die, auf ihre Weise, genauso radikal waren wie Schneiders Ideen. Wir sind im Dissens auseinandergegangen.«

»Es wäre demnach durchaus möglich, dass zum Beispiel Martha direktere Aktionen weiter geplant und sogar ausgeführt hätte?«

»Wenn dem so ist, dann weiß ich nichts davon. Martha habe ich als eine sehr ruhige, planende Persönlichkeit kennengelernt. Ich kann mir nicht vorstellen, dass sie aus einer Laune heraus einen Menschen töten würde.«

»Hatten Sie zuletzt den Eindruck, dass sie Angelina und Chrispian hasst? Vielleicht besonders Chrispian?«

»Nein. Martha ist, auf ihre Weise, genauso kalt wie Schneider. Wenn sie etwas für richtig hält, dann geht sie ihren Weg.«

»Auch über Leichen?«, wollte Leonie wissen.

»Ich würde das nicht ausschließen wollen.«

* * *

Mops klopfte an der Tür.

»Hallo? Wer da?«, klang es von der anderen Seite.

»Inspektor Mops. Ich habe zwei Kollegen mitgebracht.«

Die Tür wurde geöffnet. »Kommen sie herein.« Martha öffnete die Tür etwas weiter, damit alle bequem eintreten konnten. »Können wir uns in die Küche setzen? Die Wohnung ist nicht besonders aufgeräumt. Für eine Person ist sie einfach zu groß. Suchen Sie noch nach Klaus? Ich habe ihn seit dem Tag vor Ihrem letzten Besuch nicht gesehen.«

»Nein«, gab Mops zurück.

Martha runzelte die Stirn. »Sie haben die Suche eingestellt?«

»Wir haben ihn gefunden. Das, was von ihm übrig war.«

»Ich habe schon vermutet, dass er bei der Aktion ums Leben gekommen ist. Obwohl nur drei Tote erwähnt wurden.«

»Sie kannten die anderen?«

»Natürlich. Wir waren so etwas wie ein Aktionsbündnis gegen die unethische Nutzung von Biotechnologie.«

Sie nahmen Platz.

»Wissen Sie«, fuhr Martha fort. »Ich hatte die Befürchtung, dass Schneider seine Machenschaften mit allen Mitteln verteidigt. Das hat die anderen aber nicht aufgehalten. Ich hoffe, dass ihr Tod nicht sinnlos war.«

»Sie hatten Schneider schon seit längerer Zeit zum Ziel ihrer – wie soll ich es nennen – unterschiedlichen Auffassungen gemacht?«, fragte Leonie.

»Ja. Wobei das eine sehr freundliche Umschreibung ist. Was sich gezeigt hat.«

»Wir haben weder Schneider noch seinem Wachpersonal bisher nachweisen können, dass der elektrische Schlag vorsätzlich herbeigeführt wurde.«

Marthas Augen brannten. »Soll das heißen, dass er damit davonkommt?«

»Aufgrund von Vermutungen werden wir kaum Anklage erheben können. Nicht bei jemandem wie Schneider.«

»Er ist ein Verbrecher. Ein Mörder.«

»Wen soll er umgebracht haben? Warum? Und wie?« Mops hob die Hände. »Wahrscheinlich wird er wegen anderer Delikte aus dem Verkehr gezogen.«

»Welcher Art?«

»Darüber darf ich nicht sprechen. Für uns ist der Fall damit abgeschlossen, auch wenn einige Fragen offengeblieben sind.« Mops sah Martha unverwandt an. »Vielleicht können Sie ja noch etwas Licht in die Sache bringen. Es könnte helfen, Schneiders Aufenthalt hinter Gittern signifikant zu verlängern.«

Martha sah Mops fragend an. »Ja?«

»Wie gut kennen Sie sich in Genetik aus?«, fragte Leonie.

»Nicht besonders. Angelina und Chrispian haben versucht, es mir zu erklären, aber das übersteigt meinen Horizont. Zu technisch.«

»Haben Angelina oder Chrispian jemals mit Ihnen über ihre – Gemeinsamkeiten – gesprochen?«

»Was meinen Sie?«

»Dass man sie hätte für Geschwister halten können. Zumindest für entfernte«, fuhr Mops in sanftem Ton fort.

»Das war ja kaum zu übersehen.«

»Sie haben die beiden sehr beneidet. Nicht wahr?«

Marthas Gesicht verdüsterte sich. »Nein. In keiner Weise. Chrispian und ich waren sogar eine Weile zusammen. Wie Sie wissen.«

»Wofür haben Sie das Geld so dringend gebraucht?«

»Es ist mir nie um das Geld gegangen. Ich habe nie welches angenommen.«

»Wieso haben Sie dann Chrispian überredet, Schneider zu erpressen? Sein Stipendium war doch wirklich großzügig bemessen.«

»Chrispian hatte deutlich größere Pläne. Schneider und die Stiftung hätten sie realisieren können. Dann aber ...«

Mops sah Martha überrascht an. Leonie sog erschreckt den Atem an. Müller war unbeteiligt wie immer.

Martha lachte leise und hässlich. »... habe ich Schneider gesagt, dass Chrispian kalte Füße bekommen hat und alles verraten wollte. Er wollte an die Öffentlichkeit gehen.«

Müller sah Martha aufmerksam an. »Wollte er wirklich?«

»Nein. Er hatte Pläne. Sehr große Pläne. Nur«, sie zuckte mit den Schultern, »waren diese nicht mit meinen kompatibel.«

»Weiter.«

»Der Rest war leicht. Auch wenn ich kein Spezialist bin, habe ich verstanden, dass genetisch abgestimmte Medikamente nur bei der entsprechenden Person wirken. Es war leicht, Angelina zu überreden, ein Paket für mich unter ihrem Namen entgegenzunehmen.«

»Nur enthielt dieses Paket kein Medikament. Sondern ein auf Chrispian abgestimmtes Gift.«

Martha nickte. »Genau. Angelina hat mir erzählt, dass Schneider sie aufgesucht hat. Sie wusste nichts. Gar nichts.«

Marthas Stimme sank zu einem Flüstern. »Aber das hat ihr

nicht geholfen. Ich habe sie auf dieselbe Weise umgebracht wie Chrispian. Warum hätte er ihr auch glauben sollen? Und selbst wenn? Hätte er eine Mitwisserin an seinen Verbrechen am Leben lassen sollen? So gesehen hat er selbst seine eigenen Kreaturen vernichtet.«

Leonie wich zurück.»Kreaturen?«, echote sie.

Martha nickte.»Natürlich. Sie glauben doch nicht, dass es sich bei Angelina und Chrispian um Menschen gehandelt hat? Schneider hat sie zusammengesetzt. So wie ich einen Satz auf ein Blatt Papier schreiben würde, hat er ihr Erbgut geschrieben. Nach seinen persönlichen Vorstellungen. Diese beiden wurden nicht gezeugt. Sie wurden erschaffen. Ich musste sie vernichten. Verstehen Sie? Ich musste! Und ihr Schöpfer hat mir das Werkzeug gegeben, es zu tun. Es hat ihre Fäden durchschnitten wie eine Schere den Faden, der die Kleidung zusammenhält.«

Leonie schüttelte heftig den Kopf.»Nach medizinischen Maßstäben hat es sich bei Chrispian und Angelina um Menschen gehandelt. Genau wie bei Vera, Chrispians Adoptivmutter. Wer gibt Ihnen das Recht, zu entscheiden, wer leben darf und wer stirbt?«

Martha zuckte erneut mit den Schultern.»Eine gute Frage. Doktor Schneider hat sie für sich beantwortet. Ich habe sie für mich beantwortet. Die Welt zu retten ist eine Aufgabe, für die es weder Lob noch Anerkennung gibt. Wir alle müssen das tun, wofür wir diese Welt betreten haben. Es gibt keine andere Wahrheit.«

Martha ließ sich widerstandslos mitnehmen. Beim Verhör verzichtete sie auf einen Rechtsbeistand und erzählte in allen Kleinigkeiten die Geschichte aus ihrer Sicht, angefangen mit dem Tag, als Sterners Kollege sie, Klaus und andere angeworben hatten.

***

»Diese Geschichte ist damit noch lange nicht zu Ende«, orakelte Müller.

»Für uns schon.« Mops sah auf und schloss die Augen.

»Worüber ich sehr froh bin.«

Leonie war fassungslos. »Schneider war dabei, etwas umzusetzen, was weit über die Herrenmenschenphilosophie hinausgeht.«

»Wenn ich es richtig verstanden habe, wollte er die Entwicklung des Menschen an sich in seinem Sinne gestalten«, meinte Mops.

»Zutreffender wäre: im Sinne seiner Auftraggeber«, ergänzte Müller.

Leonie schüttelte den Kopf. »Nein. Er sieht sich selbst als das Maß aller menschlichen Dinge. Er hat auch seine Auftraggeber betrogen.«

Chrispian, der hinter Leonie stand, winkte Mops.

»Was ist?«

»Wir werden uns jetzt von dir verabschieden.«

»Wurde auch Zeit.«

Chrispian lächelte. »Eine besondere Gabe zu besitzen, kann Fluch und Segen zugleich sein.«

»Ich weiß.«

»Danke.«

»Keine Ursache. Ist mein Job. Viel Spaß bei der Einreisekontrolle.«

Angelina sah Mops überrascht an. »Du weißt davon?«

»Ja. Ich hatte bereits das Vergnügen.«

»Und ... wow!«

»Wir sehen uns. Irgendwann, schätze ich.«

Angelina zwinkerte ihm zu und verschwand.

Mops sah zu Chrispian. »Ist noch was?«

Chrispian zögerte für einen Moment. »Ach, was solls. Schneider wird uns begleiten. Wir freuen uns schon darauf, ihm unsere Sicht der Dinge näherzubringen.« Chrispians Erscheinung verblasste und verschwand.

»Mops?«

»Inspektor!«

Mops schüttelte verwirrt den Kopf. »Was?«

Leonie sah ihn besorgt an. »Du warst irgendwie weggetreten.«

»Bin ich öfters. Habe ich etwas verpasst?«

»Nein. Alles in Ordnung?«

»Ich denke schon. Schneider ist tot.«

Leonie konnte ihre Genugtuung nicht verbergen. »Ach!«

Der Chef kam herein und setzte sich zu den dreien. »Schneider ist gestorben.«

»Einfach so?«, fragte Mops.

»Leider ja. Die Kollegen hätten noch viele Fragen gehabt. Übrigens sind sämtliche seiner Aufzeichnungen verschwunden. Er hatte alles in der unterirdischen Anlage aufbewahrt. Bei der Sichtung muss wohl jemand mit den Computern unvorsichtig umgegangen sein. Schade. So werden wir wohl nie herausbekommen, warum in einem Raum zwei identische Behandlungsliegen standen. Den Gerätschaften nach, die dort waren, muss das irgendetwas mit Gehirnforschung zu tun gehabt haben. Die beiden Tische waren sowohl elektrisch als auch mit Infusionsleitungen verbunden.« Er sah zu Leonie. »Haben Sie eine Idee, zu welchem Zweck eine solche Anordnung benötigt werden könnte?«

Leonies Blick wurde abweisend. »Selbst wenn ich eine Idee hätte, dann würde ich sie nicht äußern.«

»Verstehe.« Der Chef stand auf. »Ist wohl auch besser so.« Er seufzte. »Sie glauben nicht, wie viel Arbeit Schneider uns hinterlassen hat. Wir haben die Stiftung durchsucht und sind auf etwas gestoßen, was sonst nur einem irren Weltherrschaftsfanatiker eingefallen sein könnte.« Er schüttelte ungläubig den Kopf. »Ich für meinen Teil bin froh, dass ich nur mit Mord und Totschlag zu tun habe. Auch wenn sich das gerade etwas seltsam für sie anhören muss.«

Mops' Lächeln war eine Mischung aus Zufriedenheit und Arroganz. »Machen Sie sich keine Sorgen. Ich habe dafür volles Verständnis.«